AF341232

*Jamais plus de peine
ni d'oubli*

Osvaldo
Soriano

———

Jamais plus de peine ni d'oubli

Traduit de l'espagnol (Argentine)
par
MARIE-FRANCE DE PALOMÉRA

Postface de
MIGUEL ANGEL GARCÍA

Bernard Grasset
Paris

Osvaldo Soriano / Jamais plus de peine ni d'oubli

Jamais plus de peine ni d'oubli *fut interdit de parution en Argentine peu après le coup d'Etat de la junte militaire en 1976. L'action se situe à Colonia Vela, minable bourgade rurale d'une province de Buenos Aires, entre 1973 et 1974, à l'époque du bref retour au pouvoir de Juan Perón. Des soupçons d'infiltration marxiste attisent les rivalités entre petits chefs péronistes de droite et de gauche. Elles vont dégénérer, tourner au western absurde. Car, pour parvenir à leurs fins, les marionnettes grotesques et tragiques de Soriano ne mégotent ni sur la bouteille ni sur le choix des armes : dynamite, camionnette, bulldozer, largage de matière fécale par un zinc normalement destiné à l'épandage d'insecticide. Outranciers ou cinglés, ces fantoches ne manquent cependant pas d'humanité, de drôlerie, de fraîcheur : Soriano n'oublie jamais que c'est l'Argentine, son pays, qui souffre et qui saigne. Entre paranoïa et absurdité,* Jamais plus de peine ni d'oubli *fera longtemps méditer un extrait de la postface de l'historien Miguel Angel García : « La farce est la forme d'art la plus authentiquement prolétaire et la plus capable d'exprimer comment lutte et meurt notre classe, bien mieux que la forme épique qui est celle des nobles et des seigneurs. »*

Une tranche subversive, bouffonne, sanglante, de l'histoire argentine servie par l'un des plus mordants romanciers sud-américains. Italo Calvino ne comparait pas pour rien Soriano à un « Hemingway héroï-comique ».

En 1972, il n'a pas trente ans et publie son premier roman, « le plus populaire », Je ne vous dis pas adieu... Quatre ans plus tard, les militaires du général Videla, sur un coup d'Etat, chassent Isabelita Perón du pouvoir. Soriano réserve un billet d'avion sous prétexte d'aller assister au championnat du monde de boxe entre Carlos Monzón et Jean-Claude Bouttier à Monte-Carlo ; en fait il s'exile en Belgique. A Bruxelles, il va partager une maison où se sont posés, fatigués mais vivants, divers révolutionnaires argentins, chiliens, uruguayens. Sans le sou ni papiers, affamé, soutenu par l'Eglise belge, il vivote de travaux minables et parvient, en 1980, à faire publier en français son deuxième roman, qu'on va lire : Jamais plus de peine ni d'oubli. C'est en Belgique qu'il rencontre celle qui deviendra sa femme, Catherine, une infirmière française, qui lui donnera un fils.*

Clandestin en Belgique, Soriano le sera aussi à Paris, de la fin des années soixante-dix à l'arrivée de la gauche au pouvoir. Une rencontre avec Pierre Mauroy, dans une soirée à Montmartre, lui vaut d'obtenir rapidement des papiers, et une double nationalité dont il se servira pour voter « deux ou trois fois »... De France, il organise la résistance intellectuelle dans son pays en créant avec son compatriote l'écrivain Julio Cortázar la revue Sin Censura, qui circulera clandestinement en Argentine et dénoncera notamment la guerre des Maloui-*

---

* Les phrases suivies d'un astérisque sont les propres mots de Soriano résumant brièvement sa vie.

nes en 1982. *La même année,* Quartiers d'hiver *paraît en France.*

Après la chute des militaires en 1983 et l'élection de Raúl Alfonsín à la présidence de la République, Soriano rentre en Argentine retrouver la démocratie. En 1986, il publie un roman satirique, La Révolution des gorilles, *et s'affirme comme un opposant définitif.* Página/12, *le journal qu'il a fondé avec de « jeunes loups contestataires* », critiquera plus tard le programme du président (péroniste) Carlos Menem élu en 1989.*

Le titre de l'un de ses derniers romans, Une ombre en vadrouille *(1990), dit bien le genre de vie que menait Soriano, et quel genre d'homme il pouvait être. « Comme mon ami et maître Adolfo Bioy Casares, je n'ai pas de vie sociale*. » Il écrivait la nuit, se levait à trois heures de l'après-midi, écrivait sur un ordinateur portable, entre l'Argentine, la France (il profitait d'un petit appartement à Paris) et l'Italie. Homme du Sud, il fuyait l'hiver.*

La mort pourtant l'a rattrapé en janvier 1997. On venait de traduire L'Heure sans ombre *en français. L'une des quelque vingt langues dans lesquelles on peut lire Osvaldo Soriano, à coup sûr l'un des plus grands talents de la littérature sud-américaine.*

A la mémoire de mon père

Mi Buenos Aires querido
Cuando yo te vuelva a ver
No habrá más penas ni olvido.

CARLOS GARDEL.

I

« Il y a des infiltrés, dit le commissaire.

— Des infiltrés ? Ici, il y a juste Mateo et ça fait vingt-quatre ans qu'il travaille à la mairie.

— C'est bien ce que je te dis. Sans blague, Ignacio, fous-le dehors, sinon tu vas avoir des histoires.

— Comment des histoires ? C'est moi qui suis le délégué du maire, et tu me connais. Qui est-ce qui irait me faire une crasse ?

— L'inspecteur.

— Qui ?

— Suprino. Il est rentré de Tandil et il a des ordres.

— Tu plaisantes ? Suprino est mon ami. Je lui ai vendu ma camionnette il y a un mois et il me doit encore du fric.

— Il vient normaliser.

— Normaliser quoi ? Tu lis trop les journaux.

— Mateo est marxiste communiste.

— Qui t'a fourré ça dans la tête ? Mateo était à l'école avec nous.

— Il a dévié.

— Tout ce qu'il fait, c'est percevoir les impôts et s'occuper de la paperasserie du bureau.

— Crois-moi, Ignacio. Renvoie-le.

— Ça, mon gros, je le voudrais que je ne pourrais pas. Toute la ville me tomberait sur le dos.

— Et moi, je suis là pour quoi ?

— Ça, j'aimerais le savoir !

— J'assure l'ordre public.

— Allons, le gros, tu plaisantes. Va te faire voir ailleurs.

— Je parle sérieusement. Suprino est au café. Il va venir te trouver et tu verras ce qu'il te dira.

— Qu'il commence d'abord par me payer ce qu'il me doit. Autrement, je te le dénonce. »

Ignacio sortit du commissariat. Deux agents qui se trouvaient devant la porte, sous un arbre, le saluèrent. Il enfourcha sa bicyclette et commença à pédaler sans se presser. Il était songeur. Ce matin-là, le soleil tapait et il faisait trente-six à l'ombre. En arrivant au carrefour, il ralentit pour laisser passer le camion de Manteconi qui livrait les siphons d'eau de Seltz. Il pédala jusqu'au pâté de maisons suivant, au centre de la petite ville, et s'arrêta devant le café. Il laissa sa bicyclette sur le trottoir, à l'ombre, et entra. Otant son béret, il salua d'un geste de la main ; deux vieux en train de jouer aux cartes lui rendirent son salut. Il se dirigea vers le comptoir.

« Salut, Vega. Tu as vu Suprino ?

— Il vient de partir. Il avait plutôt l'air excité. Il est allé voir Reinaldo à la C.G.T. On va avoir une grève.

— Où ça ?

— Ici. C'est Suprino qui le dit.

— Bordel, ils sont tous fous ou quoi ! Sers-moi un Coca. »

Il le but à la bouteille, à grands traits.

« Ignacio, que se passe-t-il ?

— Aucune idée. Qu'est-ce que t'a encore dit Suprino ?

— Pas grand-chose. Que tu allais démissionner.

— Moi ?

— Toi et Mateo. Il a dit que vous étiez des traîtres.

— Il a dit ça ?

— Oui.

— L'enfant de putain !

— Que tu étais un traître. Il l'a dit devant Guzman.

— Qu'est-ce qu'il foutait là, l'adjudicateur ?

— Je crois qu'il l'attendait. Ils sont partis ensemble à la permanence.

— Tu sais bien que Guzman n'est pas péroniste. Nous nous sommes suffisamment tabassés à cause de ça en 66.

— Sur la place, je m'en souviens.

— Il m'a fait foutre en tôle sous prétexte que j'étais péroniste, quand Soldati était commissaire. Je te dois combien ?

— Rien. » Vega sourit de toutes ses dents jaunies et irrégulières. « Tu risques de te retrouver au chômage.

— Bon, ciao. »

Ignacio remonta sur sa bicyclette et se mit à pédaler vigoureusement. Un coup d'Etat. Un sourire amer se dessina sur son visage. « Et c'est à moi qu'on voudrait apprendre à être péroniste. » Il se sentit soudain étrangement revigoré. Jamais il n'aurait pensé qu'il devrait affronter un jour un coup d'Etat, comme Perón, comme Frondizi, comme Illia. Il arriva sur la place. Appuyant sa bicyclette contre un banc, il marcha jusqu'à l'allée la plus ombragée. Il était onze heures et la chaleur avait vidé les rues. Il s'assit sur la pelouse et sortit une cigarette.

« Comment ça va, don Ignacio ? dit le jardinier.

— Fous-moi la paix, j'ai besoin de réfléchir. Va arroser plus loin. »

Il se couvrit la figure de ses mains. « Ils veulent me foutre dehors », pensa-t-il tout haut. Au-delà de la place, les haut-parleurs commencèrent à vociférer leur propagande. Il essaya de faire le point de la situation. Suprino était le secrétaire du parti. Ignacio l'avait envoyé à Tandil pour demander au maire de faire voter les crédits nécessaires à l'agrandissement de la salle des premiers secours. Ça lui avait tourné la tête et il avait réussi à embobiner d'une façon ou d'une autre le commissaire et Guzman. Et maintenant ils voulaient lui créer des ennuis. « Mais c'est moi que le peuple a élu. Six cent quarante voix. Et qu'est-ce que c'est que cette histoire, Mateo communiste ? Quand ils ont renversé Perón en 55, il était déjà à la mairie. Et il y est resté, il n'a jamais bougé. Et on ne lui a jamais demandé s'il était communiste. Gandolfo, oui. Il l'a toujours été, ça, tout le monde le sait. C'est le seul communiste de Colonia Vela. Il a la quincaillerie et personne ne lui cherche des poux. Il a même fait partie une fois de la commission de quartier. Et moi je serais un infiltré ! Bande d'enculés, je vais te les mettre à l'ombre, et vite ! »

« Dis donc, Moyanito, arrive un peu ! »

Le jardinier lâcha son tuyau et accourut.

« Don Ignacio ?

— Ecoute voir, que dirais-tu si je mettais à l'ombre Guzman et Suprino ?

— Qu'est-ce qu'ils ont fait, don Ignacio ?

— Ils se sont révoltés.

— Ça veut dire quoi ?

— Ils veulent me virer.

— Vous !

— Oui, moi et Mateo.

« — Mais de quoi vivra Mateo ? Sa femme est malade et sa fille fait ses études à Tandil.

— Ils veulent nous foutre dehors.

— Mais pourquoi, don Ignacio ?

— Ils disent que je ne suis pas péroniste.

— Comment que vous n'êtes pas péroniste ? » Le jardinier éclata de rire. « Je vous ai vu flanquer une rossée ici même à Guzman pour défendre Perón.

— Je les fiche en cabane. »

Le vieux jardinier réfléchit un moment.

« Et que dit le commissaire ? »

La question fit à Ignacio l'effet d'un coup de fouet. Il s'interrompit et courut jusqu'à sa bicyclette.

« Où est le commissaire ? »

Le détenu qui lavait l'entrée leva les yeux et se mit au garde-à-vous.

« A l'intérieur, avec l'officier Rossi et les six flics. Il m'a fait sortir de cellule et m'a ordonné de laver le drapeau et de nettoyer le carrelage. »

Ignacio entra. Le bureau était désert. Il alla dans la cour et les aperçut. Le commissaire faisait face aux agents, Rossi à côté de lui, son uniforme plus propre que d'habitude. Il réussit à saisir ce que criait le commissaire : « ... pour en finir avec l'ennemi apatride qui s'est infiltré dans Colonia Vela ! »

« Suis-moi dans mon bureau, Ruben.

— Tu n'as pas d'ordres à me donner, Ignacio.

— Qu'est-ce que tu fous dans la cour avec cette putain de chaleur ? Viens donc dans mon bureau.

— Je n'irai pas dans ton bureau, ni moi ni personne.

Je n'ai plus d'ordres à recevoir de toi, Ignacio. Tu es un traître. »

Ignacio comprit qu'il ne plaisantait pas. Il le regarda fixement pendant une minute, puis fit demi-tour et rentra. Dans le vestibule, il s'arrêta devant le détenu.

« Comment t'appelles-tu ?

— Juan Ugarte, monsieur.

— Va à la mairie et attends-moi là-bas.

— Bien, don Ignacio. »

Le délégué prit sa bicyclette et partit tandis que le détenu s'éloignait en courant. C'était midi. Dans les haut-parleurs une voix hurlait si fort qu'on n'entendait qu'un glapissement confus.

« Compagnons ! Compagnons ! »

Ignacio reconnut la voix de Reinaldo.

« Compagnons ! Les communistes de Colonia Vela font obstacle à nos justes demandes de crédits pour le poste de premiers secours ! Ils boycottent l'autorisation de construire le monument à la mère ! Ils empêchent l'installation du tout-à-l'égout ! Compagnons ! Débarrassons-nous des traîtres ! D'Ignacio Fuentes et de Mateo Guastavino ! Avec la C.G.T. et la police du peuple, nous nous opposerons aux manœuvres de la synarchie contre Colonia Vela ! Compagnons ! Soutenons tous le secrétaire général du péronisme, le compagnon Suprino ! Donnons à l'oligarchie marxiste une leçon dont elle se souviendra ! »

Ignacio freina avec le talon et laissa sa bicyclette contre la devanture du magasin. C'était une maison assez grande et en mauvais état, qui avait appartenu à son père, de même que l'épicerie que tenait maintenant sa femme.

Felisa enveloppa les cent grammes de jambon, tendit le paquet à une fille à longues nattes et s'essuya les mains à son tablier.

« Je ferme, Ignacio. Le déjeuner est presque prêt.

— Tu as entendu le haut-parleur ?

— Je n'ai pas fait attention à ce qu'il disait.

— C'est une révolution, ma belle. On me fait une révolution. Comme à Perón !

— Hein ?

— Ferme le magasin. Vite ! »

Felisa poussa les deux battants de la porte en bois et les ferma à double tour avec la vieille clé.

« Ecoute-moi, Felisa. Je sors. Tu n'ouvres à personne. Tu entends ? A personne.

— Ignacio ! Qu'est-ce que tu as fait, Ignacio ! »

Le délégué alla dans sa chambre et prit dans la commode un vieux Smith and Wesson. Il farfouilla dans les draps soigneusement pliés et récupéra des balles. Quinze en tout.

« Apporte-moi mon fusil.

— Non, Ignacio ! Que vas-tu faire ? Ils te tueront !

— Tu parles qu'ils me tueront, cette bande d'enfoirés !

— Je cours prévenir Ruben !

— C'est précisément à ce salaud que je vais régler son compte. »

Ignacio glissa le revolver dans sa ceinture et passa le fusil à son épaule. Il embrassa sa femme sur la joue.

« Dommage que Dieu ne m'ait pas donné de fils, il se serait battu aux côtés de son père », dit-il avant de sortir.

La rue était déserte. Depuis le centre de la petite ville, six pâtés de maisons plus loin, arrivaient les hurlements du haut-parleur. Ignacio chercha du regard autour de lui.

« Merde, on m'a volé ma bicyclette. »

Sur le mur contre lequel elle était appuyée, quelqu'un avait écrit avec un morceau de charbon :

FUENTES TRAÎTRE
AU PEUPLE PERONISTE

« Les salauds ! Ça va péter d'ici à la mairie ! »

Toutefois, l'adversaire semblait absent. Ignacio aperçut doña Sara, la voisine d'en face, en train de l'observer derrière sa fenêtre. Dans l'entrée d'une maison, quelqu'un cria sans se faire voir :

« Vive Fuentes ! »

La chaleur était intenable. Ignacio s'avança jusqu'au coin de la rue. A cinquante et un ans, il avait perdu trop de cheveux pour se permettre de rester nu-tête au soleil. Il sentit la sueur couler dans son cou ; sa chemise lui collait aux aisselles et sous la courroie de son fusil.

« Ignacio ! », cria-t-on. Il s'arrêta, se retourna et vit sa femme qui arrivait en courant. Elle avait une cartouchière dans les mains.

« Tu as oublié ça ! »

Il la regarda avec un petit sourire.

« Tu ne m'as pas apporté mon béret ?

— Non, juste les cartouches. Je vais te le chercher.

— Ce n'est pas la peine, ne sors pas de la maison. Allez, rentre ! »

Il prit la grand-rue et progressa lentement jusqu'au deuxième carrefour. La petite ville semblait déserte. En arrivant à la hauteur de la rue où se trouvait la mairie, il s'arrêta et regarda avant de tourner. Deux agents montaient la garde devant l'entrée.

« Hé, les flics ! » cria Ignacio.

Un silence.

« Hé, vous deux ! » répéta Ignacio.

Les agents regardèrent les portes des maisons voisines. Ils étaient armés de vieilles mitraillettes.

« Ici, espèces de cons ! Au coin de la rue ! »

Les agents se retournèrent.

« Où est le commissaire ? cria Ignacio.

— Le commissaire Llanos est allé déjeuner ! » cria l'un d'eux.

Les haut-parleurs s'étaient tus. Il était une heure de l'après-midi et la ville entière se préparait à faire la sieste. Ignacio s'avança vers la mairie. Un des agents s'interposa.

« On n'entre pas, monsieur.

— Ordre de qui ?

— Du commissaire Llanos, monsieur.

— Toi, tu t'appelles comment ?

— Garcia, monsieur.

— Et toi ? demanda-t-il à l'autre.

— Comini, monsieur. On n'entre pas.

— Où sont les autres ?

— Consignés, monsieur.

— Bon. Vous êtes sous les ordres de qui ?

— Du commissaire, monsieur.

— Et quand le commissaire n'est pas là ?

— De l'officier Rossi.

— Et quand il n'est pas là ? »

Les deux gendarmes se regardèrent.

« Bon Dieu ! c'est moi qui commande ici ! Garde à vous ! » hurla Ignacio.

Ils obtempérèrent.

« Toi, Garcia, je te nomme brigadier et j'augmente ta solde. Tu gagnes combien ?

— Cent quatre mille avec la Sécurité sociale et les Allocations familiales, don Ignacio.

— Je te mets à cent cinquante.

— Merci, monsieur.

— Brigadier Garcia !

— A vos ordres, monsieur.

— Dites à l'agent Comini d'aller chercher le jardinier.

— Bien, monsieur. Agent Comini !

— Oui, brigadier.

— Cours chercher le jardinier Moyano. Et en vitesse ! »

Comini traversa la rue et se dirigea vers la place.

« Brigadier Garcia.

— Oui, monsieur.

— Venez avec moi, je vais vous signer votre avancement.

— Oui, monsieur. Merci, monsieur. »

Ils entrèrent dans la mairie. Ignacio ferma la porte principale. Mateo était seul dans le bureau, assis sur une chaise, les épaules voûtées. Son visage était pâle. En voyant le délégué, il bondit sur ses pieds.

« Don Ignacio, ils veulent nous faire partir !

— Prends le fusil. Nous allons résister.

— Que se passe-t-il, don Ignacio ?

— Ils disent que nous sommes communistes.

— Communistes ? Comment, communistes ? J'ai toujours été péroniste... je ne me suis jamais mêlé de politique.

— En tout cas, c'est ce qu'ils disent. Prépare une ordonnance nommant brigadier l'agent Garcia. »

Mateo s'assit en face de l'Olivetti et commença à taper.

« Brigadier Garcia, dit Ignacio, nous allons défendre la mairie. Postez-vous devant cette fenêtre.

— Bien, monsieur. »

Mateo ôta la feuille de la machine.

« Vous voulez bien signer, don Ignacio ? »

Ignacio signa. Le brigadier Garcia regarda la feuille de papier et se rengorgea.

« Elle va en faire une tête, ma bonne femme ! » Ses longues moustaches remontèrent presque jusqu'à ses oreilles. Comini et le jardinier firent leur entrée.

« Combien gagnes-tu, Moyanito ?

— Dans les quatre-vingt-trois mille.

— Je te nomme jardinier en chef des parcs et jardins de la ville et je t'augmente. Tu toucheras désormais cent vingt mille.

— Merci, don Ignacio. Je vous jure que ce n'est pas du luxe...

— Brigadier Garcia, donnez-lui votre revolver.

— Pour quoi faire, don Ignacio ? demanda Moyano.

— Pour défendre la ville. »

Le jardinier ne sembla pas très bien comprendre. Il prit l'arme et l'examina. Il était sur le point de prendre sa retraite et ses mains tremblaient un peu.

« Agent Garcia ! » cria une voix forte.

Cela venait de la rue.

« Le commissaire ! » Garcia regarda Ignacio. « S'il me voit, il me coffre.

— Agent Comini !

— Le commissaire m'appelle.

— Vous ne bougez pas, ordonna le délégué.

— Je suis de garde avec lui, je ne peux pas le laisser. »

Le commissaire s'était arrêté au milieu de la rue. Derrière lui se trouvaient l'officier Rossi, l'adjudicateur Guzman, Suprino, Reinaldo et une demi-douzaine de jeunes. Ignacio apparut à la fenêtre.

« Garcia, je t'ordonne de sortir ! »

— Il m'a vu, don Ignacio. Je suis cuit.

— Mais non, il ne t'a pas vu. Reste ici.

— Garcia !

— Il faut que j'y aille.

— Tu ne bouges pas ! Qui t'a fait brigadier ?

— Vous, don Ignacio, mais si je n'y vais pas, ils vont tous nous foutre en tôle.

— Ne fais pas l'andouille. Si tu sors, il va te tomber dessus parce que tu m'as laissé entrer dans la mairie.

— Comini ! Sors, crétin ! cria le commissaire.

— Toi, tu restes ici, ordonna Garcia d'une voix solennelle.

— Tu es cinglé !

— Je te dis que tu restes ici.

— Tout ce que je sais, c'est qu'on va se retrouver au trou.

— D'abord, appelle-moi brigadier.

— Il reste ici. » Ignacio braqua son revolver sur la poitrine de l'agent. « Enfermez-le dans les chiottes, ordonna-t-il à Garcia.

— Donne-moi tes armes. »

Comini jeta par terre son revolver et sa mitraillette. Le caporal le poussa jusqu'aux cabinets et ferma la porte à clé.

« A vos ordres, don Ignacio.

— Prépare-toi à défendre le gouvernement.

— Personne n'entrera ici, monsieur le délégué. Moyano, vérifie la porte du fond.

— Je n'ai pas envie de me faire tuer.

— Si tu n'obéis pas, c'est moi qui te descends. »

Moyano le regarda et eut le sentiment qu'il ne plaisantait pas. Il s'exécuta rapidement.

Le commissaire se tenait sur le trottoir d'en face. Il faisait de grands gestes. Rossi, devant lui, se mit au garde-à-vous et fila à toute allure. Suprino donnait des ordres à plusieurs civils, des jeunes, qui étaient armés de pistolets mitrailleurs et de fusils à canon scié. Le pavé réverbérait la chaleur et l'éclat du soleil. Rossi arriva avec la camionnette de la police et s'immobilisa au coin de la rue en travers de la chaussée pour bloquer le passage. Les badauds commencèrent à s'approcher. Le haut-parleur grésilla :

« Citoyens ! Les habitants de Colonia Vela sont en train de livrer bataille pour la liberté ! Fuentes, ce communiste déguisé en péroniste, doit partir. Chassons-le de son repaire ! Vive la patrie ! Vive Colonia Vela ! Vive Perón ! »

« Mais Bon Dieu, qu'est-ce qui leur prend ? » dit Ignacio à voix basse. « Mateo, appelle le maire à Tandil.

— Vous voulez parler au maire ?

— Oui, en personne. S'il n'est pas là, appelle-le chez lui. Presse-toi avant qu'ils coupent le téléphone. »

Mateo actionna la manette. La téléphoniste demanda le numéro.

« Passe-moi le maire, Clarita, vite.

— Garcia, ferme les volets, ils vont nous envoyer des grenades lacrymogènes.

— Non, don Ignacio, nous n'en avons pas au poste de police.

— Ferme quand même. Que fait le commissaire ?

— Des barricades. Ce cochon est en train d'entasser un tas de saloperies dans la rue. Il a fauché ses cageots de légumes à Duran, le boiteux. »

Juan Ugarte entra dans le bureau par la porte du fond, suivi de Moyano.

« La vie pour Perón ! cria Juan.

— Qu'est-ce que tu fabriquais ? demanda Ignacio.

— J'étais sur le toit, en train de surveiller. Je faisais le franc-tireur, quoi.

— Le franc-tireur ! dit Ignacio, eh bien, justement ! Prends le revolver et poste-toi là-haut. Tu ne tires que sur mon ordre.

— D'accord.

— Attends.

— Oui ?

— Pourquoi étais-tu en prison ?

— Pour ivresse, monsieur, pour ne rien vous cacher. Je travaille à la briqueterie et, de temps en temps, je vais boire un petit verre au troquet du père Bustos. Chaque fois qu'un flic me trouve là, il m'envoie nettoyer la prison et tout le poste de police. La bouffe y est dégueulasse, l'agent peut vous le dire.

— Brigadier, dit Garcia, j'ai eu de l'avancement.

— Tu as le feu au cul ou quoi ? Bon, j'y vais. La vie pour Perón !

— Vous êtes en ligne, don Ignacio ! » cria Mateo. Le délégué se précipita vers le téléphone.

« Allô ? Monsieur Gugliemini ?

— J'étais en train de faire la sieste, Fuentes...

— C'est qu'on a un problème, monsieur le maire. Le commissaire et le secrétaire du parti se sont révoltés. Il dit qu'il est venu normaliser...

— Et qu'allez-vous faire ? coupa le maire.

— Comment qu'est-ce que je vais faire ? C'est moi qui vous pose la question ! Je suis retranché dans la mairie et j'ai besoin de la police de Tandil.

— Ecoutez, Fuentes, les affaires de Colonia Vela, vous réglez ça sur place. Envoyez-moi un rapport demain.

— C'est vous qui êtes le maire.

— Oui, mais c'est vous qui êtes mis en cause.

« — Par qui ?

— Par le conseil supérieur du parti. Ils disent que Mateo est communiste et que vous le protégez. Que tous les deux vous êtes de la tendance, comme tous ces jeunes [1].

— Quels jeunes ?

— Ceux qui ont réparé les bancs de l'école et nettoyé la salle des premiers secours. Vous les connaissez bien. Ils viennent dans votre bureau pour un oui ou pour un non.

— Ce sont de braves types, serviables et péronistes.

— Péronistes de mes deux ! » Gugliemini raccrocha brutalement.

Juan fit irruption dans la pièce. Sa chemise était déboutonnée et la sueur perlait aux poils de sa poitrine.

« Don Ignacio, ils ont perquisitionné chez vous !

— Dans ma maison ?

— Oui. Ils ont arrêté votre femme. Le haut-parleur dit qu'on a trouvé de la propagande communiste et des armes.

— Hein ?

— Oui, des livres de Che Guevara et des armes.

— Le fusil à air comprimé... J'ai oublié le fusil à air comprimé... Et qu'est-ce que Felisa vient faire dans tout ça ?

— Excusez-moi pour la nouvelle, don Ignacio, mais ils ne l'ont pas emmenée très gentiment. »

Ignacio se gratta la tête, mâchonna sa moustache.

« La plaisanterie a assez duré », dit-il à voix basse. « J'en ai plein les couilles. Juan, va chercher les gars du dépôt. Tu expliques au contremaître et tu dis à l'équipe

---

1. N.d.T. : De la tendance révolutionnaire du mouvement péroniste, qui s'appuyait volontiers sur le bras armé des Montoneros.

de te suivre. Non, attends, je te donne un ordre écrit. Mateo, tu le rédiges.

— Et qu'est-ce que je fais ? demanda Juan. Il y a là tout juste huit ou dix vieux gâteux...

— Tu les armes. Tu trouveras des pioches, des pelles, des couteaux. Conduis-les sur la place. »

Garcia observa la rue par une fente de la fenêtre.

« Ils ont étalé tous les fruits du boiteux. J'ai l'impression qu'ils vont attaquer.

— Je les aurai d'abord transformés en passoires », dit Ignacio.

Juan sortit par la porte du fond.

« Je peux démissionner, don Ignacio, dit Mateo. Cela arrangera tout.

— Pas question de démissionner, dit le brigadier Garcia. Le moment est venu de donner ta vie pour Perón.

— La vie pour Perón, répéta Ignacio sourdement. Je me demande ce qu'il fait, Perón, en ce moment.

— C'est plein de gens qui nous regardent, dit Garcia en souriant. Tous ceux qui ont voté pour nous sont dans la rue. »

Le délégué s'approcha de la fenêtre et chercha un interstice par lequel regarder.

« Ignacio Fuentes ! » cria le commissaire en arrondissant ses mains en porte-voix. « Rendez-vous tous aux forces de la loi ! Le tribunal du parti vous jugera. Rendez-vous ! »

Ignacio ouvrit un des volets et cassa le carreau avec son fusil.

« C'est à toi de te rendre, espèce d'enfoiré !

— Vous avez poussé à la mutinerie les représentants de la police ! Relâchez les agents Garcia et Comini !

— Viens les chercher toi-même, gros connard !

— Le peuple est témoin! Tu es une charogne de communiste! »

Ignacio tira. Les plombs allèrent se perdre dans les cagettes de fruits et la barricade dégringola. Les curieux s'égaillèrent. Le commissaire se jeta à plat ventre sur le sol.

« Putain, bien visé! » s'écria Garcia. Le jardinier se boucha les oreilles. Ignacio rechargea les deux canons de son fusil. Mateo se mit à trembler. Le téléphone sonna.

« Allô? fit Mateo en décrochant.

— Compagnon Mateo? Passez-moi don Ignacio. »

L'employé de mairie passa l'appareil au délégué.

« Compagnon Fuentes, ici Moran, de la jeunesse péroniste. Nous tenons à vous exprimer notre solidarité.

— Venez vous battre avec moi.

— Nous sommes en assemblée permanente. Si la décision est votée, nous arrivons.

— Bon. Allez sur la place et joignez-vous à l'équipe de voirie. Essayez de prendre le haut-parleur. »

Ignacio raccrocha. Une décharge de mitraillette crépita contre la façade. Une balle entra par la fenêtre et vint fracasser le thermos qui se trouvait sur la table.

« Couchez-vous par terre! cria le brigadier.

— Relâchez-moi! », hurla Comini depuis les cabinets.

Ignacio se précipita vers l'autre fenêtre et poussa le volet. Le commissaire était en train de courir vers la camionnette quand il trébucha et roula sur la chaussée. Du toit d'en face, trois garçons recommencèrent à tirer. Ignacio et le brigadier s'accroupirent. Le jardinier appuya sur la détente de son revolver. La balle pénétra dans le capot de la camionnette au moment où celle-ci se mettait en marche. Le véhicule eut un hoquet et s'immobilisa au milieu de la rue. C'est à ce moment-là qu'on vit le choc et qu'on entendit l'explosion.

« Les gars du dépôt ! » s'écria Ignacio, euphorique.

Le vieux Chevrolet déglingué de l'équipe de voirie tourna au coin de la rue dans un hurlement de pneus. Celui qui le conduisait semblait avoir perdu le contrôle de son véhicule. L'avant du camion pointa d'abord vers le trottoir, puis alla brusquement s'encastrer dans la camionnette. Le toit de la voiture de police éclata avec un bruit aigu et les roues décollèrent du sol. Le camion la traîna sur trois mètres ; elle tangua et, tandis qu'elle se couchait sur le côté, son réservoir d'essence explosa. Les flammes commencèrent à la recouvrir. A l'intérieur, l'officier Rossi réussit à voir le ciel par la portière qui s'ouvrit au-dessus de sa tête. Il sauta et se mit à courir, son uniforme en feu. Le brigadier Garcia visa ; la balle passa à cinquante centimètres de la tête de Rossi, qui poussa un gémissement et se laissa tomber par terre. Les flammes léchaient ses revers. Huit hommes armés de pioches et de pelles traversèrent la place et se dirigèrent vers le Chevrolet qui commençait lui aussi à flamber. Une rafale tirée d'un toit les obligea à reculer jusqu'à la première rangée d'arbres. L'un d'eux boitait. L'officier Rossi rampa péniblement jusqu'au trottoir défendu par la police ; il essayait d'enlever sa veste enflammée. Depuis une entrée, un agent lui jeta un seau d'eau. Le fond du récipient heurta la tête de l'officier et l'eau se répandit sur la chaussée. Etourdi, Rossi se traîna avec l'énergie du désespoir jusqu'à la flaque et se roula dans l'eau. A coups de casquette, il essaya d'éteindre les revers de son pantalon.

« Ça se gâte », dit le commissaire. En se jetant à terre, il s'était fait mal au coude et avait déchiré la manche de sa veste.

« On est mal partis, Ruben. Il faut les faire sortir de là avant l'arrivée des journalistes de Tandil.

— Suprino a dit que le maire et le conseil supérieur assumaient toute la responsabilité.

— Oui, mais pas d'un pareil bordel. Si nous les faisons sortir, l'affaire est close ; autrement, ça va faire du raffut.

— On n'a qu'à tirer.

— Attends. Laisse faire d'abord les gamins, ensuite ils s'en iront. Tu dois garder les mains blanches. Suprino dit que tu vas être nommé à Tandil.

— Là-bas, il doit y avoir des communistes à la pelle.

— Tu parles, c'en est bourré. A l'université, à l'usine. Tu auras de quoi t'amuser.

— Dis donc, Guzman », dit le commissaire à voix basse et avec un sourire complice.

« Quoi ?

— Tu te rappelles quand tu étais gorille[1] ?

— Ah non, je n'ai jamais été gorille. La vérité, c'est que je n'étais pas péroniste, mais c'est différent maintenant que Perón est devenu démocrate. »

Suprino et Reinaldo arrivèrent dans une Fiat 128 qui s'arrêta à bonne distance du feu. Ils rejoignirent Llanos et Guzman.

« Que se passe-t-il ? » demanda Suprino.

— Ignacio fait la mauvaise tête », dit le commissaire.

Suprino regarda le feu qui se propageait sur les véhicules et cracha violemment.

« Eh, bien ! la merde, c'est lui qui l'a voulue ! J'en ai parlé au maire et il m'a dit qu'il envoyait dix civils en

---

1. N.d.T. Gorille (gorila) : terme par lequel les Argentins désignaient les adversaires de Perón, surtout ceux qui le renversèrent en 1955.

renfort. En haut, on veut que le travail soit fait vite et sans bavures. Les gamins terminent ce soir. Demain, ils vont à Mar del Plata. Il faut que nous montrions quelques policiers blessés. Pour les journalistes.

— Oui, mais comment ?

— Envoie-les attaquer la mairie. Ils vont leur tirer dessus.

— Tu veux dire envoie-les se faire tuer.

— Il ne faut rien exagérer. Un blessé suffira. Je vais leur donner l'ordre de ta part. »

Moran, accompagné de deux autres garçons qui n'avaient guère plus de vingt ans, apparut au coin de la rue.

« Commissaire Llanos !

— Qu'est-ce que vous voulez ? Circulez sinon vous allez en prendre plein la gueule.

— L'assemblée de la jeunesse péroniste a émis un communiqué.

— Ah, bon ? Et que dit-il ?

— Si vous voulez, je vous le lis.

— Inutile. Donne-le à Rossi et considérez-vous prisonniers.

— Allez vous faire voir !

— Salauds de communistes ! Officier Rossi !

— On se taille ! » cria Moran.

Les trois garçons coururent vers la place.

« A vos ordres, commissaire », dit Rossi. Son uniforme était déchiré et roussi. Et il traînait la jambe droite.

« Prépare-toi à donner l'assaut.

— Je suis blessé, commissaire.

— Blessé ?

— J'ai pris feu.

— Comment as-tu fait, crétin ?

— J'étais dans la camionnette quand elle a commencé à flamber.

— Je parie que tu voulais te tirer !

— Non, commissaire. Je surveillais l'arrière-garde.

— Bon. De toute façon, tu vas donner l'assaut.

— Il faut que j'aille me faire soigner, commissaire. Juste un peu de pommade et je suis à vous.

— Tu restes comme tu es. Quand on a des couilles au cul, on souffre en silence.

— Ça me fait mal.

— Serre les dents.

— Mais je suis brûlé jusqu'aux roubignoles ! » Il marqua une pause. « Et puis, j'ai un autre blessé.

— Un autre ?

— Antonio. Ils l'ont bombardé de pierres quand il passait devant la place à bicyclette. Il est tombé et il s'est esquinté le genou.

— Je vois. Vous restez ici, vous souffrez comme des hommes jusqu'à l'arrivée des journalistes de Tandil. Prépare-toi à attaquer. Combien êtes-vous ?

— Quatre. Moi et trois autres.

— Bon. Vous allez ramper jusque devant la mairie et lancer une grenade lacrymogène.

— On n'en a pas.

— Demandez-en au civil là-bas, le blond avec une chemise jaune, ou bien à un de ceux qui ont un brassard. Ils vous suivront pour vous couvrir.

— A quoi ça sert qu'ils nous couvrent derrière si l'ennemi est devant ?

— Dis donc, j'ai l'impression que tu as les foies.

— C'est qu'ils vont nous transformer en passoires ! Don Ignacio est de mauvais poil aujourd'hui.

— Vous êtes des tantes ou quoi ?

— Non, commissaire.

— Alors, obéis. »

Le commissaire ôta son béret graisseux et s'essuya le front avec son mouchoir. Il regarda s'éloigner l'officier Rossi qui traînait la jambe comme si elle était soudain paralysée. Il n'était pas certain d'avoir pris la meilleure décision. Il aperçut Suprino près de la camionnette qui continuait à brûler. Il l'appela. Le secrétaire du parti s'approcha. Il s'était mis un foulard sur la figure, comme un cow-boy, et avait à la main un fusil à canon scié.

« J'ai ordonné à Rossi d'attaquer, dit le commissaire. Qu'est-ce que tu en penses ?

— Tu as bien fait parce que les gars de Tandil ne sont pas tellement contents. On leur a dit au syndicat qu'ils venaient pour une grève, pas pour ça !

— Envoie quelqu'un avec Rossi et quelqu'un d'autre sur le toit. Qu'ils entrent par-derrière.

— Je ne sais pas s'ils vont vouloir. Ce ne sont pas des enfants de chœur.

— Fais-leur une distribution de bonbons, ça les radoucira ! »

Suprino le regarda. Son foulard était trempé de sueur.

« Tu as envie de plaisanter ?

— Et toi ? Qu'est-ce qui t'a pris de mettre ce foulard ? Tu as l'air d'un clown.

— C'est ma femme qui me l'a donné.

— Alors fais-y attention, tu es en train de le salir. »

Suprino s'éloigna. Le commissaire traversa la rue. Guzman était en train de réunir deux grands câbles.

« Dis voir, si tu faisais un peu marcher le haut-parleur. Il faut encourager la population.

— Les fils étaient coupés », dit Guzman.

Lancée du coin de la rue, une volée de gravats s'abattit. Un morceau atteignit Guzman dans le dos.

L'adjudicateur se plia en deux et tomba sur le côté, essayant avec la main de repérer sa blessure. Le commissaire se jeta dans une entrée. Au coin de la rue, quatre garçons s'enfuyaient en direction de la place. Un civil tira au hasard. Les gens qui s'étaient agglutinés un peu plus loin, à un autre carrefour, disparurent dans les maisons.

« Rossi, tu attaques, bordel ! cria Llanos.

— Oui, commissaire ! » répondit l'officier. « On y va ! »

Llanos jeta un regard autour de lui. La camionnette et le camion flambaient toujours ; sous l'effet de la chaleur, la façade de deux maisons aux carreaux cassés commençait à s'écailler. Guzman était assis sur le perron d'une petite villa. Il se frottait le dos contre le mur. Derrière le Chevrolet, Suprino et Rossi donnaient des ordres aux policiers et aux civils.

« Parfait, se dit le commissaire. Ils sont faits comme des rats. »

Dans le bureau de la mairie, Ignacio sirotait lentement un maté. Le brigadier surveillait une fenêtre, le jardinier l'autre.

« Les gosses ont fait du bon travail, dit Moyano. Ils chient tous dans leur froc !

— J'ai l'impression qu'ils se préparent à attaquer, dit Garcia. Il y a beaucoup de conciliations.

— Conciliabules, corrigea Ignacio.

— C'est ce que je voulais dire. Ça va péter cette nuit. Si les gars de la place avaient des armes, ils pourraient les encercler. »

Juan entra brusquement dans la pièce par la porte du fond.

« Attention, don Ignacio, dit-il, ils arrivent. Ils sont en train de se trémousser par terre comme de vraies couleuvres ! »

Ignacio posa son maté sur le bureau.

« Laisse-moi voir. »

Le délégué poussa Garcia et s'accroupit près de la fenêtre.

« C'est ce qu'on appelle arriver ventre à terre ! »

Garcia reprit son poste.

« Ils amènent les civils. Reinaldo est monté sur le toit d'en face. Il est masqué, ce con. »

Rossi et les trois agents étaient sortis en rampant de derrière les voitures en feu. Puis apparurent les civils, six en tout, armés de carabines. Ils progressaient avec difficulté sur la chaussée, la tête relevée.

« Ils vont se cramer les couilles, dit Garcia, la rue est en feu. »

Dehors, il y eut une fusillade nourrie. Le commissaire dans une entrée, Guzman et l'agent blessé depuis la villa, et Suprino du haut du toit tiraient sur les fenêtres de la mairie. Les volets et les carreaux volèrent en éclats. Moyano tomba à la renverse. Tous, dans le bureau, se jetèrent par terre.

« Merde ! cria Garcia, ils ne nous ont pas ratés ! »

Le sol était taché de sang. Moyano ne bougeait pas. Juan rampa jusqu'au jardinier et regarda ses yeux.

« Pauvre Moyanito ! » dit-il.

Garcia se releva et se colla contre le mur. Il passa le canon de sa mitraillette dans la fenêtre brisée et tira sur ceux qui traversaient la rue. Un des policiers se remit debout et partit en courant. Les autres stoppèrent et ouvrirent le feu sur la mairie. Les balles ricochèrent sur le mur du bureau. Le portrait de Perón oscilla et tomba par terre.

« Nous sommes cuits, dit Garcia, il vaut mieux se rendre, don Ignacio.

— Non ! s'écria Juan, nous avons encore l'aviation !

— Garde tes plaisanteries pour une autre fois ! grogna le délégué.

— Mais non, don Ignacio, je parle sérieusement. Nous avons l'avion. Si je trouve Cerviño, nous pouvons résister.

— Arrête de dire des conneries, idiot.

— Ce ne sont pas des conneries, don Ignacio. Tenez aussi longtemps que possible, pendant ce temps je vais chercher Cerviño. »

Il sortit par la porte de derrière. Sur un toit, quelqu'un tira. Juan traversa la cour en courant et sauta le mur du fond. Dehors, policiers et civils rampaient toujours en direction du trottoir de la mairie. Deux autos apparurent au coin de la rue.

« Les journalistes ! dit Suprino.

— Le maire ! » s'écria le commissaire.

La première voiture, une Peugeot, arriva à toute allure. Le conducteur ne vit pas les hommes qui rampaient sur la chaussée et passa sur l'un d'eux. Le garçon à la chemise jaune hurla et resta sous la voiture quand elle freina. Les autres s'arrêtèrent et coururent vers le conducteur.

« Tu ne peux pas regarder où tu vas, andouille ? cria Rossi.

— A qui tu parles ? » demanda le gros homme qui était au volant. Il ouvrit la portière et sauta dans la rue. « Qui as-tu traité d'andouille ?

— Toi ! » répondit Rossi en lui décochant un direct du droit qui se perdit dans sa vaste poitrine. L'homme recula et sortit une matraque en caoutchouc ; puis il fonça sur le policier et lui assena un coup sur la tête. Quand Rossi se plia en deux, l'homme lui expédia un coup de genou dans le ventre. Le souffle coupé, la bouche ouverte, Rossi tomba. Cinq hommes plutôt jeunes descendirent de la Peugeot. De l'autre voiture, une Ford, sortirent six civils. Ils étaient armés de carabines. Ils prirent dans le coffre de la Ford des fusils lance-grenades et des cartouches. Le dernier à s'extraire de la Peugeot fut le maire.

« Où est le commissaire ? » cria-t-il.

Dans le bureau, Ignacio s'approcha de la fenêtre et regarda.

« Gugliemini est arrivé. Il a amené d'autres civils.

— Là-bas, ils nous soutiennent, dit Garcia.

— Non, ils sont dans l'autre camp, répondit Ignacio. Bouchez les fenêtres avec du carton pendant que j'envoie un message au maire. Mateo, écris ! »

L'employé se précipita vers l'Olivetti et fourragea dans un tiroir pour trouver du papier.

« Mets : "Monsieur le maire, je vous tiens pour responsable de ce qui se passe à Colonia Vela. Ces traîtres ont tué le jardinier Moyano et s'ils veulent la guerre, ils l'auront. Perón ou la mort."

— Qui va le porter ? », demanda Mateo d'une voix mal assurée.

« Comini. Libère-le. »

Mateo demanda la clé au brigadier Garcia et ouvrit la porte des cabinets. N'entendant aucun bruit, il se pencha.

« Pardon », dit-il.

Il referma la porte et regarda Ignacio. Il avait rougi.

« Il vient tout de suite », fit-il.

Une minute plus tard, Comini sortit en reboutonnant son pantalon.

« Tu es libre, lui dit Garcia. Tu vas porter un message au maire. Tiens en l'air un mouchoir quand tu sortiras.

— Lequel est le maire ?

— Le vieux là-bas, assez grand, avec un costume bleu. » Il le lui montra par la fenêtre. Mateo lui remit le papier. Comini ouvrit lentement la porte, agita son mouchoir et sortit. Toutes les armes se braquèrent sur lui.

« J'ai un message pour le maire ! » cria-t-il, en s'avançant, les mains en l'air.

Gugliemini lut le papier.

« Un mort ! Tu as vraiment foutu le bordel, Llanos !

— C'est eux qui ont tiré les premiers. J'ai plusieurs blessés. »

Le maire sortit son calepin et un crayon. Il s'appuya sur le toit de la Peugeot et écrivit : "Monsieur le délégué. Vous êtes accusé d'infiltration et de subversion. Présentez votre démission et nous la soumettrons au Tribunal du Parti. Perón ou la mort." Il donna le morceau de papier à Comini. L'agent traversa la rue jusqu'à la mairie. Il frappa à la porte. Le brigadier Garcia lui ouvrit. Comini lui remit le papier et resta sur le seuil. Ignacio lut le message.

« Le fumier. Il ne nous aura pas vivants. Mateo, écris ! »

L'employé alla vers la machine.

« Mets : "Va te faire enculer. Perón ou la mort." Donne ça à Comini et barricade la porte. »

Lorsque le maire reçut le message, il avait rejoint Suprino, Llanos, Guzman et Reinaldo à la porte de la permanence C.G.T.

« Alors ? demanda Guzman.

— Il me dit d'aller me faire enculer.

— J'ai l'impression que vous allez devoir nommer un nouveau délégué, dit Suprino.

— Pour le moment, c'est impossible. Vous avez fait une connerie. Si Llanos avait arrêté Fuentes, tu assurais l'intérim. Maintenant, l'affaire est grave. Les journaux vont monter ça en épingle parce qu'il y a un mort.

— Alors qu'est-ce qu'on fait ?

— Je vais envoyer un des garçons du commando cacher des armes et de la propagande pour les Montoneros chez ce Moyano. Toi, Llanos, annonce par haut-parleur que Fuentes livrait des armes aux guérilleros. Dis-le aussi aux journalistes. Mets une bombe à la porte de la permanence et arrête ensuite deux ou trois gamins de la jeunesse péroniste. Il faut mettre le paquet. Vite. Toi, Suprino, tu dis à deux civils de tirer dans ma voiture. Les gars du commando vont se charger de Fuentes et des autres. On y va. »

Ils partirent. Le maire donna des ordres aux civils. Comme ils arrivaient à proximité du poste de police, ils entendirent la bombe exploser.

« Il faudra que vous me donniez une subvention pour réparer le bâtiment, dit Reinaldo avec un sourire.

— Qu'est-ce que les gens d'ici pensent d'Ignacio ? demanda Gugliemini.

— Eh bien... je ne sais pas. En tout cas, ils ne vont pas avaler cette histoire de communiste, dit Suprino.

— Cette nuit, distribue partout dans la ville des tracts

disant que c'est un salaud, qu'il allait faire la noce à Tandil, et ajoute pendant que tu y es qu'il était cocu.

— Merde ! cria le commissaire. Regardez ça ! »

Sur la façade du poste de police, quelqu'un avait écrit avec un morceau de charbon :

SUPRINO ET LLANOS
LE PEUPLE VOUS FERA LA PEAU

« Cette bande de morveux ! Ils nous sont tombés dessus tout à l'heure à coups de pierres, dit Llanos.

— Ils se croient tout permis, ces petits connards, dit Suprino. Voilà ce qui arrive quand on leur laisse la bride sur le cou. »

Ils arrivèrent en face de la mairie. Une 504, avec quatre personnes à bord, attendait à l'angle. Suprino se dirigea vers la voiture.

« Qu'est-ce que vous en dites, monsieur Luzuriaga ?

— J'en dis que c'est trop.

— Vous étiez d'accord, non ?

— Nous avons approuvé la destitution de Fuentes, mais si ça finit mal, nous ne pourrons pas vous soutenir devant la presse.

— Allez voir le maire.

— Nous n'avons rien à lui dire. Nous reparlerons de tout ça avec vous le moment venu. Si demain les choses ne sont pas réglées, la Société Foncière s'en lave les mains.

---

1. N.d.T. Sigle combinant « Perón vuelve » et les initiales de la jeunesse péroniste.

— Tout sera rentré dans l'ordre.

— Qu'est-ce que c'était que cette explosion ? demanda Luzuriaga.

— Les militants des jeunesses péronistes ont déposé une bombe à la permanence C.G.T.

— Ils ont été arrêtés ?

— On s'en occupe en ce moment même, ne vous inquiétez pas. »

La 504 s'éloigna. Suprino revint auprès du commissaire et du maire. Llanos regarda sa montre. Il était sept heures du soir. Il se sentait fatigué. Les choses étaient allées trop loin. Il remarqua que les gens l'observaient derrière les volets des fenêtres. Quand tout serait terminé, on le muterait à Tandil. Il avait toujours voulu vivre là-bas. Devant la mairie assiégée, il devait y avoir une trentaine de personnes. Fuentes finirait bien par sortir ; c'était une tête de mule, mais pas à ce point.

« S'il reste là, le cadavre du jardinier va commencer à pourrir », pensa-t-il.

Ils s'arrêtèrent devant la Peugeot de Gugliemini. Les portières portaient les traces de balles en cinq endroits.

« Les choses vont aller mieux maintenant, dit le maire. Je vais m'installer un bureau à la banque provinciale.

— Venez plutôt au commissariat.

— Non, ce n'est pas le moment. Tenez-moi au courant. Vous avez vu comme ils m'ont arrangé ma voiture ?

— Monsieur Gugliemini...

— Oui.

— Vous n'allez pas me laisser tomber, n'est-ce pas ?

— Que voulez-vous dire ?

— Non, rien. » Llanos marqua un temps. « Je voulais dire, vous me soutiendrez jusqu'au bout ?

— Voyons, Llanos.

— Ne vous fâchez pas. C'est Fuentes qui m'a nommé commissaire. Je n'ai jamais aimé la politique. Tout ce que je souhaite, c'est être muté à Tandil. Ma femme veut que les gosses aillent à l'université.

— Bien sûr.

— Commissaire ! »

L'officier Rossi arriva en courant. Il avait un pansement sur la tête.

« Il y a un avion qui arrive, commissaire !

— Un avion ?

— Là-bas ! » Rossi fit un geste vers l'ouest. On entendait dans le lointain le bruit d'un moteur. Tous levèrent la tête. Devant le soleil, le vieil appareil paraissait encore plus minuscule. Le moteur avait des ratés. Il s'approcha et passa à cent mètres au-dessus d'eux.

« Cerviño, dit Reinaldo.

— Qui ça ? demanda le maire.

— Le type chargé de la désinfection. Il déverse de l'insecticide dans les champs. Toujours rond ! »

Cerviño réduisit les gaz et laissa Torito planer en direction des champs. Puis il tourna jusqu'à ce que la petite ville soit de nouveau en vue.

« Passe en rase-mottes qu'on les arrose, dit Juan, on va s'amuser. »

L'hélice ronfla, à court de lubrifiant. Le tuyau d'échappement soufflait du feu. Cerviño mit le cap sur la grand-rue et descendit à cinquante mètres.

« Descends encore ! »

Il plana à vingt mètres, survolant les voitures et les gens qui se trouvaient devant la mairie.

« Vas-y ! »

Juan abaissa la manette du réservoir. Une pluie fine et grise tomba sur les épaules de ceux qui regardaient l'avion.

« Vive Perón et merde ! » cria Cerviño.

Le maire se prit les pieds dans le corps d'un garçon à lunettes noires et tomba. L'asphalte lui brûla les mains. Il sentit sur sa tête une rosée fraîche et douce, et se mit à éternuer. Rossi plongea dans une entrée ; sa tête rencontra la mitraillette que tenait un gros homme coiffé d'une casquette à carreaux. Sa blessure se remit à saigner. L'adjudicateur Guzman rampa sous la Peugeot. Deux civils montèrent dans la voiture qui démarra en trombe. Guzman sentit le poids du véhicule sur sa main droite et une douleur aiguë lui parcourut tout le bras. En voyant le sang qui giclait de ses doigts écrasés, il eut un étourdissement et s'évanouit. L'avion revenait. Le commissaire s'était réfugié sous un arbre de la place. Il mit l'appareil en joue et appuya sur la détente. A ce moment précis, sa vue s'obscurcit, il entendit un son métallique qui s'attarda dans sa tête et il tomba à genoux. Puis il piqua du nez dans l'herbe. Deux hommes de l'équipe de voirie le saisirent sous les bras et le traînèrent entre les arbres.

Ignacio passa la tête par la fenêtre et surprit un agent qui s'enfuyait, aveuglé, sur le trottoir de la mairie. Il le frappa avec le canon de son fusil et le vit tomber. Ses yeux pleuraient et le D.D.T. flottait encore dans l'air. Ceux qui demeuraient étendus sur le sol, éparpillés sur toute la longueur de la rue, n'arrêtaient pas d'éternuer. Le brigadier Garcia remit des morceaux de carton aux fenêtres.

« Nous sommes en train de leur foutre une de ces pelles, don Ignacio ! Cerviño vient de passer ! »

Le délégué se laissa tomber dans le fauteuil réservé

aux visiteurs et regarda le corps de Moyano recouvert de journaux.

« Et maintenant ? dit-il.

— Quoi, maintenant ? demanda Garcia.

— Tout ça. Que va dire Perón ?

— Il va être fier de nous, répondit le brigadier. Vous verrez qu'il me nommera commissaire. »

Lors du premier passage de l'avion, Gugliemini s'était réfugié sous les restes de la camionnette et du camion carbonisés. Il se faufila sous les châssis, noircissant son costume. Il avait aussi la figure et les mains pleines de suie. Levant les yeux, il vit sous les décombres du camion deux des garçons qui étaient arrivés avec lui. Il se dirigea vers eux. L'un, très brun, avec de petits yeux, avait dans les mains un énorme fusil. L'autre, les cheveux châtains et le nez en lame de couteau, s'essuyait le visage avec un mouchoir, mais ne réussissait qu'à se salir davantage.

« Dans quoi vous nous avez fourrés ? demanda le brun. Ce n'est pas du travail sérieux. »

Comme il s'approchait, Gugliemini sentit se déchirer la jambe de son pantalon, retenue par le pot d'échappement du camion.

« Courage, dit le maire. Il va falloir que nous attendions la nuit pour attaquer.

— S'ils ne nous empoisonnent pas avant », grommela celui qui s'essuyait avec son mouchoir.

« Je peux lui tirer dessus la prochaine fois qu'il repasse », proposa celui qui avait le fusil. « J'en ferai de la bouillie. »

Le rugissement du moteur s'éloigna et disparut.

« Il a dû aller se réapprovisionner en D.D.T., murmura le maire.

— On n'y voit plus grand-chose. Avec la nuit, il est foutu », dit le brun.

Ils s'extirpèrent en rampant des décombres. Gugliemini toussa et cracha. La rue était déserte. Le ciel virait au pourpre et le soleil avait baissé. La chaleur semblait concentrée dans ce périmètre comme dans un four. Ils allèrent jusqu'à l'angle de la place. La cheville du maire saignait sous son pantalon en lambeaux. Le garçon brun mit son fusil sur l'épaule, sortit ses lunettes noires et les jeta en constatant qu'elles étaient brisées. On entendit une détonation. Le garçon sentit que le coup le soulevait du sol. Allongé par terre, il concentra son attention sur la douleur qui remontait jusque dans son dos. Il s'assit péniblement et chercha l'endroit où la balle avait pénétré. Il s'aperçut que c'était dans le genou gauche. Quand il vit que Gugliemini et son compagnon s'étaient enfuis, il se mit à pleurer.

« Je l'ai eu, don Ignacio ! Je lui ai esquinté la jambe ! » cria Garcia.

Lorsque le policier retira son revolver, le délégué vint regarder par un trou du carton.

« Tu vises bien, brigadier, dit-il, ça va nous être utile. »

Il alla dans les cabinets. Fermant le verrou, il baissa son pantalon et s'assit sur la cuvette. Il avait besoin de réfléchir. Il savait qu'ils ne tiendraient pas toute la nuit. Ils ne pouvaient pas abandonner la mairie car la cour était probablement surveillée depuis les toits. Tant que Garcia et lui étaient armés, les autres ne réussiraient pas à s'approcher. Mais que se passerait-il quand leurs munitions seraient épuisées ? Il regarda sa montre et la remonta. Dans une heure, l'avion ne pourrait plus voler entre les maisons. Quoi qu'il en soit, Cerviño avait fait du bon travail. Ignacio parvint à la conclusion qu'ils n'avaient guère le choix. De plus, dans le noir, et sans témoins, il serait impossible de se rendre. Il se demanda où étaient les voisins, pourquoi ils ne venaient pas à son aide. Tirant la chasse, il regarda l'eau bouillonner dans la cuvette. Il alla vers la glace et se pressa un bouton sur le nez. Puis il ouvrit la porte et rentra dans le bureau. Mateo était assis par terre. Il avait le visage décomposé.

« Jamais je n'aurais imaginé ça, don Ignacio, dit-il.

— Moi non plus. Si on se faisait un maté ? »

Deux employés de l'équipe de voirie traînèrent le commissaire jusqu'à l'épaisse allée d'arbres de la place. Ensuite, avec l'aide de deux jeunes garçons, ils l'emmenèrent jusqu'au trottoir qui faisait face au cinéma. L'ambulance s'approcha et l'on chargea le corps sur une civière. Les cinq hommes montèrent tandis que le sixième s'asseyait à côté du conducteur.

« Où l'emmène-t-on ?

— Au dépôt du chemin de fer. »

Roulant à une allure modérée, l'ambulance s'éloigna du centre de la ville. Quand elle fut en dehors de l'agglomération, elle s'engagea sur une petite route non goudronnée. Llanos avait repris connaissance, mais il ne se rendait pas bien compte de ce qui se passait autour de lui. C'était comme si un trop grand nombre de rêves l'avaient assailli en même temps. Il vit le revolver braqué en direction de son visage. Puis il regarda les autres occupants de la voiture. Sales, avec des pantalons usés, masqués par des cagoules, ils étaient armés de mitraillettes. L'un d'eux crachait à côté de ses pieds à intervalles réguliers.

— Qu'est-ce que ça veut dire ? » dit-il en levant la tête. « Où m'emmenez-vous ?

— Prisonnier de guerre », dit le jeune qui le menaçait de son arme.

« Quelle guerre ?

— Celle-là ! »

Llanos appuya sa nuque sur le bord de la civière. Sa tête lui faisait très mal. Pour la première fois, il lui parut difficile de devenir le chef de la police de Tandil.

L'avion plana au-dessus des champs, atterrit sur les pâturages pelés et roula jusqu'à un grand hangar. Cerviño et Juan sautèrent à terre. Juan avala une longue gorgée et passa ensuite la bouteille à son ami. Cerviño approcha le goulot de ses lèvres ; tout en buvant, il regarda le soleil qui basculait à l'horizon derrière la ligne de la plaine.

« Et comme si ça ne suffisait pas, il va pleuvoir », dit-il à voix basse. Puis, il regarda Juan. « Apporte le bidon ! »

Juan courut jusqu'au hangar et revint avec le carburant.

« Il doit y en avoir dix litres, dit-il.

— Merde, ça ne fait pas beaucoup.

— Et il n'y a plus de D.D.T. », dit Juan en versant le contenu du bidon dans le réservoir de l'avion.

Cerviño calcula qu'avec dix litres, il pouvait faire un rase-mottes rapide sur la ville et atterrir dans un autre champ plus proche. Mais cela n'en valait pas la peine.

« J'irai quand il fera nuit, dit-il.

— Tu es fou !

— Ecoute. Prends la bicyclette et retourne en ville. Quand tu sentiras que c'est le bon moment, arrange-toi pour que don Ignacio allume et éteigne trois fois de suite la lumière de devant. J'arriverai.

— Et qu'est-ce que tu jetteras ?

— De la merde. Je vais les couvrir de merde.

— Ouais ! hurla Juan, étreignant son ami.

— Ne me bousille pas ma bicyclette », dit Cerviño en se dirigeant vers le hangar.

Il revint près de l'avion avec une pelle et dix sacs de grosse toile. Puis il mit le moteur en route et amena Torito au bout du champ. Ensuite il accéléra et décolla. Cerviño était certain que Rodriguez, le charcutier, serait ravi qu'il lui nettoie son abattoir gratis. Et qu'il lui prêterait même vingt litres d'essence. Il chercha la bouteille sous le siège, mais Juan l'avait emportée avec lui.

« Salaud d'ivrogne », dit-il, et il ferma le hublot car le vent soufflait.

Dès qu'il arriva à la banque, le maire prit une douche. Suprino lui avait apporté un de ses costumes, une chemise et une paire de chaussettes blanches. Gugliemini laissa Reinaldo lui bander la cheville. Une fois habillé, il s'assit à une table. Un garçon avec une petite moustache fine, et qui portait un brassard jaune à la manche droite de sa chemise, lui servit un café. Guzman entra dans le bureau. Il avait le bras en écharpe. Sur le bandage qui recouvrait sa main se dessinait une tache sombre.

« Les journalistes sont arrivés. Ils sont en train de

photographier la rue. Il y en a un qui veut interviewer Ignacio dans la mairie.

— Place-les sous la protection de la police. Empêche-les d'approcher et dis-leur de laisser leurs appareils. Je vais donner une conférence de presse.

— Je préviens le commissaire, dit Guzman.

— Où est-il ?

— Je ne sais pas. Il n'était pas avec vous ?

— Non. Dans ce cas, préviens l'officier Rossi. Que les civils encerclent la mairie et empêchent qui que ce soit d'approcher. »

Guzman sortit. Gugliemini prit une cigarette. Il jeta un coup d'œil autour de lui.

— Vous savez ce que vous devez dire. Des communistes, des armes, la bombe à la permanence, l'attentat contre ma voiture, qu'il s'en est fallu d'un cheveu que j'y reste. Tout ça. C'est moi qui parlerai. »

Cinq minutes plus tard, les journalistes entraient dans la pièce. Le maire se leva et les accueillit avec un sourire. Il sentit que le complet de Suprino était trop étroit à l'entrejambe.

« Comment ça va, les gars ? »

Ils étaient quatre et ils répondirent qu'ils allaient bien. Le garçon à la moustache leur servit du café. Trois des journalistes sortirent des stylos et du papier ; l'autre mit un magnétophone en marche. Gugliemini commença à parler. Quand il eut terminé son récit, il ajouta avec un geste bienveillant :

« Posez toutes les questions que vous voulez. Vous me connaissez, moi aussi j'ai été journaliste.

— Croyez-vous que le gouvernement demandera des comptes à la municipalité de Tandil ?

— Non, dit le maire, le gouvernement provincial, que nous soutenons pleinement dans sa défense de la hiérarchie péroniste, sait que nous sommes en lutte contre la synarchie internationale encouragée ici, à Colonia Vela, par le maire délégué et par ceux qui se qualifient de jeunesses péronistes.

— Croyez-vous qu'une telle violence de la part de la police soit vraiment nécessaire ? demanda un chroniqueur.

— Il n'y a pas eu de violence de la part de la police, monsieur. Ce sont les marxistes qui ont attaqué les forces de l'ordre. Par ailleurs, nous savons qu'Ignacio Fuentes a assassiné un malheureux jardinier, employé par la municipalité, qui refusait de se battre contre l'autorité qu'il estimait être légitime et péroniste.

— Ce fait pourrait-il motiver l'intervention du contingent ? demanda celui qui enregistrait.

— Non, monsieur. Les militaires sont subordonnés au gouvernement du peuple et seraient appelés à intervenir uniquement en cas de désordres graves. Mais ce n'est pas nécessaire, étant donné que les marxistes ne sont qu'une infime minorité. La police et les quelques citoyens qui l'aident dans sa tâche feront respecter la loi cette nuit même.

— Qu'est-ce que c'est, cette odeur de D.D.T. ? demanda un autre journaliste.

— Nous avions un bidon dans le camion. Un bidon qui a explosé.

— Le D.D.T. n'explose pas, dit le journaliste.

— Eh bien ! cette fois, il a explosé, rétorqua Gugliemini. Vous pouvez rentrer à Tandil. Je vous ferai parvenir demain un communiqué de presse détaillé.

— Moi, j'ai envie de rester un peu, dit un journaliste. Ça va faire un beau papier. »

Gugliemini le regarda, contrarié.

« Parfait. Mais tenez-vous à l'écart de la mairie. Je ne

veux pas de journalistes blessés. C'est moi qui suis responsable ici.

— Une dernière question, dit celui au magnétophone. Qui sont ces civils armés dans la rue ?

— Je vous l'ai déjà dit. Des compagnons péronistes qui se sont spontanément joints aux forces de l'ordre. Des travailleurs prêts à donner leur vie pour défendre le peuple et son leader.

— Bien sûr », dit le journaliste, et il regarda le brassard jaune du garçon qui avait servi le café. « Puis-je parler à la femme de Fuentes ou à celle de Mateo Guastavino ?

— Elles sont au secret.

— Et à celle du jardinier ?

— Il était veuf. Paix à son âme. »

La nuit vint, chaude et orageuse. Une certaine odeur de l'air, mêlée à la chaleur que dégageait encore l'asphalte, promettait la pluie. Regardant les gros nuages à travers le vasistas des cabinets, Ignacio se demanda si l'eau pouvait leur venir en aide.

« Même pas Dieu, murmura-t-il, même pas Dieu ne peut nous sauver. »

Mateo mit le portrait de Perón sur le bureau. Il avait récupéré, derrière les morceaux de verre, la photo pour laquelle il avait posé en uniforme militaire. Le brigadier Garcia, qui continuait à surveiller les mouvements dans la rue, vit une silhouette traverser en direction de la mairie.

« Don Ignacio ! » cria-t-il.

Le délégué se précipita vers la fenêtre et regarda par la fente.

« C'est Pelaez, le fou », dit-il.

L'homme arriva jusqu'au trottoir d'un pas mal assuré ; il regarda un moment la façade de l'édifice abîmée par les balles, puis s'approcha. Il frappa à la porte.

« Surveille pendant que j'ouvre », dit Ignacio.

Il tira la targette et donna deux tours à la clé. Le fou entra. Il devait avoir la cinquantaine. Sa barbe et sa moustache lui couvraient presque tout le visage. Ses yeux auraient été doux s'ils avaient eu un regard moins intense. Un œillet rouge ornait la boutonnière de sa veste noire, sale et déchirée. Il n'avait pas de chemise et l'on voyait un buisson de poils gris sur sa peau brune. Il traînait ce qui avait dû être, en d'autres temps, un pantalon marron. Par contre, il arborait des souliers d'une propreté méticuleuse qui contrastait avec l'ensemble. Tous ses vêtements étaient couverts de poudre blanche.

« T'as pas une cigarette ? » demanda-t-il d'une voix traînante.

Ignacio sortit une brune et la lui tendit. Puis il lui donna du feu. Le fou sourit et aspira avec force.

« On m'a bombardé », dit-il.

Là-dessus, il se mit à gémir et lâcha la cigarette. La tête dans les mains, il sanglotait sans retenue. Ignacio le regarda d'un air apitoyé. Il fut étonné de constater qu'il était encore capable de compassion. Il avait vu des centaines de fois Pelaez errer d'un bout à l'autre de la ville, sans destination précise. Le fou avait l'habitude d'écrire des phrases étranges sur les murs ou sur les façades des maisons. Il dormait, qu'il pleuve ou qu'il vente, sur la place ou sous les tôles du dépôt municipal ; parfois dans une entrée restée ouverte. Jamais personne ne l'avait vu manger.

Il restait là, couvert de lumière. Il se baissa pour ramasser la cigarette et sa main eut du mal à rencontrer le sol. Pendant un instant, l'attention des trois hommes se fixa sur lui. En s'accroupissant, Pelaez avait aperçu le corps de Moyano recouvert par les journaux. Il s'approcha, souleva un journal et regarda le visage du jardinier. De nouveau, il se mit à pleurer. Puis il s'agenouilla, étreignit le cadavre et le serra contre lui. Ignacio vit l'oeillet s'écraser sur le nez du mort.

Au loin, deux coups de feu retentirent. Garcia regarda attentivement la rue, mais ne vit rien bouger, sauf le réverbère qui oscillait doucement et projetait des ombres et de la lumière sur les façades des maisons. Dans le bureau, on entendait seulement la plainte de Pelaez. Soudain, comme si toute sa douleur s'était vidée d'un coup, il se tut.

« Il me laissait dormir sur un banc », murmura-t-il. Puis il regarda Garcia. « Quand je suis allé en prison, tu m'as mis dans l'eau. Tu es un salaud. Moyanito était un brave type. »

Ses yeux parcoururent la salle et les murs, et s'arrêtèrent sur le crucifix accroché derrière le bureau. Il s'approcha et se signa.

« Notre Père qui est aux cieux, je vous salue Marie pleine de grâce, le Seigneur est avec vous.

— Il ne manquait plus que ça, dit Garcia.

— Qu'est-ce que tu es venu faire ici ? demanda Ignacio.

— J'apportais un papier que Juan m'a donné. Il m'a dit que c'était un message pour don Fuentes. »

Il fouilla ses poches.

« Mais je l'ai perdu. Je l'ai jeté. »

Ignacio regarda Mateo.

« Que disait-il ?

— Des choses. Des choses secrètes. Il m'a dit que c'était secret et c'est pour ça que je l'ai jeté. »

Ils le regardèrent avec inquiétude.

« On m'a bombardé, gémit-il de nouveau.

— Qui ça ? demanda Ignacio.

— Le Seigneur. Dieu m'a puni.

— Où t'a-t-il puni ?

— A la permanence de la C.G.T. On ne me donne rien parce que je suis fou. Moyano, lui, il me donnait quelque chose et c'est pour ça que Dieu l'a puni. » Il s'essuya le nez avec la manche de sa veste.

« Tu étais là-bas ?

— Oui, je dormais. Le monde a tremblé, Dieu nous vienne en aide. Je suis parti en courant. Après, Juan m'a donné le papier avec le secret. N'en parle à personne, qu'il m'a dit. Et à qui j'en parlerais ? je me le demande. A qui ?

— Le message était pour nous, dit Ignacio.

— Oui. Pauvre Moyanito. Il m'a donné une fleur ce matin. Moi, je m'en fichais, mais lui, il était tout content.

— Tu ne te rappelles rien ?

— Si, la lumière. Qu'elle nous éclaire tous.

— Bordel de merde ! dit Ignacio. Donner un message à un fou ! Il faut en tenir une couche !

— Je peux dormir ici ?

— Non, dit Ignacio. Ici, ça va péter, des coups de feu, tu comprends ?

— Des coups de feu. Je dors bien. On va dormir avec Moyanito. Lui, il ne me renvoyait pas. »

A deux heures du matin, Gugliemini donna l'ordre d'attaquer. Suprino s'avança avec un groupe de six civils, Rossi avec quatre policiers et Reinaldo avec six autres garçons de Tandil. En une demi-heure, ils bloquèrent la rue de la mairie avec un rouleau compresseur, deux tracteurs et deux bulldozers. Aucune lumière ne brillait dans les maisons. Seuls les réverbères suspendus au-dessus de la rue éclairaient doucement la scène. Les hommes se postèrent derrière les véhicules. Le silence était à peine troublé par des pas pressés et le bruit des percuteurs des fusils et des chargeurs de mitraillettes. Vers deux heures et demie, Suprino donna l'ordre d'ouvrir le feu. Au vacarme des détonations succéda un coup de tonnerre, suivi d'un éclair. La façade de l'édifice municipal résista à la rafale de balles, mais les cartons des fenêtres se volatilisèrent en une seconde. Le deuxième tir de mitraillette déchiqueta la porte qui demeura néanmoins en place. C'est alors que les premières gouttes de pluie tombèrent sur Colonia Vela.

Le bureau de la mairie tremblait comme un château de cartes. Le brigadier Garcia se colla au mur près de la fenêtre ; Ignacio se jeta par terre et Mateo se réfugia dans les cabinets. Quand la porte vola en éclats, Pelaez se releva.

« Ils ont tué Moyanito, dit-il. Donne-moi un fusil. »
Le brigadier hésita.
« Si, donne-lui un fusil ! cria Ignacio, celui de Comini ! »
Pelaez prit l'arme. Tout ce qu'il savait, c'était qu'il fallait presser la détente.
« Couche-toi par terre ! » cria Ignacio, qui rampa jusqu'à l'autre fenêtre.
Les balles entraient dans les murs avec un bruit sec. Les cartons en lambeaux laissaient voir des trous noirs que zébrait au loin la flamme brève des mitraillettes. Pelaez se mit à genoux et avança. Quand il eut rejoint Ignacio, il passa la tête par la fenêtre. Une balle lui arracha l'oreille droite. Le fou ne parut pas sentir la douleur ; il se releva et tira à l'aveuglette. Le coup de feu fut suivi d'une explosion. Il avait crevé le pneu d'un

tracteur. Le recul du fusil fit tomber Pelaez qui demeura assis sur le sol. Depuis le bulldozer, toutes les armes se mirent à tirer au moment où le fou se relevait. Il reçut la décharge en pleine poitrine; la violence de l'impact le rejeta en arrière et le renversa. Le brigadier Garcia laissa dépasser le canon de sa mitraillette et tira une première rafale, puis une seconde. Pelaez se traînait sur le sol. Il avait la poitrine déchiquetée et son cuir chevelu pendait sur ses yeux. En tâtonnant, il chercha la mitraillette d'Ignacio. Le délégué la lui mit dans les mains. Le fou repoussa le lambeau de peau qui lui couvrait le front et le sang ruissela sur ses épaules. Il avança à genoux vers le trou où il y avait eu la porte et sortit. La pluie lui lava les yeux. Il eut le temps de vider le chargeur avant qu'une nouvelle rafale le soulève du sol et le mette presque debout. Son corps demeura étendu sur le trottoir, les bras pendant vers l'égout.

Torito se déplaça avec difficulté. Surchargé, ses pneus lisses collant au sol mouillé, il parcourut le champ d'avoine. Cerviño essaya de le faire décoller. L'appareil, poussé au maximum, s'éleva de cinq mètres et retomba sur le sol avec un craquement de tout son fuselage. Le champ était plongé dans l'obscurité la plus totale. Cent mètres plus loin, la lumière de la maison du charcutier Rodriguez permettait au pilote de ne pas se laisser envahir par la solitude de la pampa. Cerviño calcula que le barbelé devait encore être loin. Il attendit qu'un éclair le lui confirme. Le crépitement mat de la pluie sur le moteur faisait autant de bruit que les chuintements d'une centaine de chouettes.

Au loin, l'orage se déchaînait. Un éclair qui dura une seconde lui montra que ses estimations étaient fausses. Le barbelé se trouvait à cinquante mètres à peine. Cerviño fit faire demi-tour à l'avion. L'appareil était secoué par le vent et par la force du moteur. Le pilote sortit une bouteille de genièvre d'une de ses poches et but jusqu'au moment où l'air lui manqua. Le champ s'illumina de nouveau et Cerviño vit l'horizon. Il sourit. Avec les paumes de ses mains, il caressa le tableau de bord.

« Allons, mon vieux Torito, courage, on y va. »

Il accéléra à fond. Les roues patinèrent, puis coururent sur l'avoine mouillée. A la hauteur du barbelé, Torito décolla ; il s'éleva à cinquante mètres, puis perdit de l'altitude. Il y eut un coup de vent. Tout le fuselage vibra et se redressa, comme aidé par la force de Cerviño. Il monta lentement, freiné par le vent. L'altimètre n'avait jamais fonctionné, mais en se repérant à la maison du charcutier, Cerviño estima qu'il était à plus de cent mètres.

« Bravo, Torito ! » cria-t-il, et sa main chercha de nouveau la bouteille.

Juan savait qu'on ne pouvait se fier à la mémoire du fou, mais c'était un risque à courir. Après avoir dit aux habitants des maisons voisines de prévenir les autres qu'il fallait allumer les lumières, il décida de jouer une autre carte désespérée. Il pédalait vigoureusement, le vent dans le dos, sur le chemin caillouteux. Il se rendait compte que ses yeux ne lui étaient d'aucun secours. La pluie et la nuit noire l'avaient transformé en automate.

En arrivant au premier tournant, il alla buter dans une clôture en fil de fer. Il fit une cabriole et son corps s'enfonça dans la boue. Il se releva lentement en s'agrippant à un piquet. Ses pieds pataugèrent dans un fossé. Il ne distinguait que des ombres, les formes imprécises des arbres et les nuages noirs. La pluie battait son visage et son corps, seulement protégé par une chemise. Il chercha sa bicyclette à tâtons. « Saloperie », pensa-t-il, tandis qu'il réussissait à reprendre l'équilibre dans la boue. Les chromes du guidon brillèrent sous un éclair et Juan vit, à une cinquantaine de mètres, le dépôt de voirie. Il empoigna le cadre, puis la selle, et se releva. Il remarqua que la roue avant était voilée. La coinçant entre ses jambes, il tourna le guidon de toutes ses forces et le redressa. Puis il enfourcha la bicyclette et se remit à pédaler avec fureur.

Les coups de tonnerre, suivis de leurs serpents de lumière, lui causaient une certaine frayeur. Il arrivait au hangar quand il sentit comme un violent coup de marteau sur le genou droit ; une fois de plus, son corps rencontra le sol. Une douleur fulgurante accompagnée d'un tremblement rapide parcourut la jambe touchée. Il sentit dans sa bouche un goût douceâtre et cracha sans savoir si c'était de la boue ou du sang. Il tâtonna jusqu'à ce que sa main rencontre un arbre et il se remit debout.

« Quel con ! Ne pas avoir vu la barrière ! » dit-il à haute voix.

Il s'accroupit et se faufila péniblement entre les barres de fer. Traînant la jambe, il alla jusqu'au hangar. La porte paraissait infranchissable, mais la fenêtre, en bois vieux et sec, était moins solide. Juan chercha autour de lui et finit par trouver une pierre de bonne taille. Il commença à taper sur un volet qui mit cinq bonnes minutes à se casser. Puis il escalada le rebord et sauta à l'intérieur. En retombant, il sentit la douleur localisée dans sa jambe irradier jusqu'aux yeux. Il les ferma et serra de toutes ses forces ses paupières. Il chercha dans ses poches les allumettes. Elles étaient mouillées. Se guidant au mur, il alla à tâtons jusqu'à la porte. Là, il trouva l'interrupteur. Il alluma. Ses paupières clignèrent le temps de s'habituer à l'éclat de la lumière. Le vent soufflait si fort que les tôles du toit semblaient sur le point de s'arracher des chevrons. Il commença à chercher. Les bâtons de dynamite étaient dans un tiroir, avec de grandes mèches sèches. Il en prit dix, les enveloppa dans un morceau de toile, les attacha avec un fil de fer rouillé et accrocha le tout à sa ceinture. Puis il éteignit. Il sauta par la fenêtre et se dirigea vers la barrière. Sa jambe lui faisait moins mal.

« Arrêtez ! Ne tirez plus ! » cria Suprino à ses hommes.

Entre l'obscurité et le rideau de pluie, il n'arrivait pas à distinguer qui était ce corps allongé sur le trottoir de la mairie. Il rejoignit Rossi et Reinaldo derrière le bulldozer.

« Ce doit être Ignacio, dit Suprino. Il a voulu mourir en héros, ce couillon.

— Ils sont encore combien à l'intérieur ? demanda Reinaldo.

— Mateo, Juan et Garcia, répondit Suprino.

— Ils vont se rendre, déclara Reinaldo. Ce sont des bons à rien. »

Suprino regarda Rossi.

« Où est passé le commissaire ?

— Il a disparu.

— Il a dû se tirer, dit Reinaldo; probablement qu'il faisait dans son froc.

— Dans ce cas (l'officier Rossi haussa le ton) c'est moi qui commande maintenant. »

Il regarda un agent qui avait perdu sa casquette et était mouillé comme une éponge.

« Toi, apporte-moi le porte-voix. »

L'agent partit en courant et revint une seconde plus tard avec l'instrument.

« Nous allons leur dire de se rendre, déclara Rossi.

— Passe-moi ça! » Suprino lui prit le porte-voix.

La pluie redoublait de violence et toute chaleur avait abandonné les corps trempés. L'eau avait transformé la rue en ruisseau et venait se déverser sur eux; malgré tout, quelques-uns réussissaient à fumer. Suprino s'installa dans la cabine de la balayeuse, laissa la porte ouverte et saisit le porte-voix.

« Mateo! Garcia! Juan! Sortez! Vous n'êtes coupables de rien! »

Il marqua une pause.

« Ignacio est mort! Ne vous battez pas pour rien! »
Nouvelle pause.

« Si vous sortez, on ne vous touchera pas! »
Aucune réponse.

« Garcia! Nous confirmerons ton grade de brigadier! »

Suprino scruta la pluie mais ne distingua aucun mouvement à la porte de la mairie. Il grommela une insulte.

« Nous vous donnons cinq minutes, compris? Si vous ne sortez pas, nous écrasons la maison au bulldozer! Nous allons vous fusiller, fumiers! »

Il regarda sa montre et se dit qu'ils ne pouvaient pas attendre une minute de plus. Descendant de la cabine, il se dirigea vers le bulldozer. Devant le véhicule, il s'accroupit et regarda les civils. L'un d'eux, qui se reposait appuyé contre une roue, lui rendit son regard.

« Dites donc, monsieur, dit-il, vous ne trouvez pas que c'est un peu le bordel ?

— Vos gueules. Et sortez de là, sinon le bulldozer va vous écraser. »

Le garçon secoua la tête.

« Ça suffit comme ça, papa. On a assez joué ; maintenant, c'est nous qui commandons. »

Ils sortirent l'un derrière l'autre. Le premier appuya son fusil contre la poitrine de Suprino.

« Nous allons les déloger et pas un ne sortira vivant. Compris ?

— Evidemment, dit Suprino. Inutile de vous énerver, je sais ce que j'ai à faire.

— Vous êtes un vieux con. A cause de vous, on va attraper une pneumonie. Vous allez voir un peu comment on s'y prend avec des types comme ça. »

« Ils ont pris le fou pour moi, chuchota Ignacio.

— Ils ont mis le bulldozer en marche ! cria Garcia. J'ai comme l'impression qu'ils vont nous foncer dedans. Autant se rendre.

— Le brigadier a raison, dit Mateo.

— Et puis, ils me reconnaissent mon grade, ajouta Garcia.

— Ils ne te reconnaissent rien du tout, oui, rétorqua Ignacio d'une voix irritée. Si tu restes ici, demain je te fais sergent.

— Tout de suite ?

— D'accord, tout de suite. Mateo, fais-lui sa nomi-
nation. »

L'employé alla à la machine.

« Ils croient que je suis mort, dit Ignacio ; on ne va
pas les détromper. Dis-leur que vous vous rendez, mais
que vous avez besoin de garanties. Qu'ils fassent venir
les journalistes.

— Et ensuite ?

— Tu vas voir, sergent, on va les baiser.

— Sergent ! En une seule journée je passe d'agent à
sergent !

— C'est pour ça que tu te bats.

— Et comment, je vais leur parler. »

Il s'approcha du trou de la porte.

« Officier Rossi ! » cria-t-il.

Il y eut un court silence.

« Qui parle ? cria Rossi.

— Le sergent Garcia !

— Quel sergent ?

— Le sergent Garcia, pardi !

— Sors, crétin, ou on vous écrabouille !

— Nous voulons des garanties ! Faites venir les journalistes ! »

Mateo apporta une feuille à Ignacio. Le délégué signa.

« Te voilà sergent », dit-il.

Garcia se retourna et regarda le délégué.

« Merci, don Ignacio. Je saurai vous prouver ma
reconnaissance.

— Mateo, apporte la carafe de la cuisine. Et une
bouteille de kérosène, dit le délégué.

— Qu'est-ce que vous allez faire ?

— Tu verras. Prie pour qu'il continue de pleuvoir. »

Mateo alla dans la cuisine et revint avec la carafe et
une dame-jeanne.

« Garcia, dis-leur que vous allez sortir dans trois minutes.

— Hé, Rossi !

— Quoi ?

— Dans trois minutes nous allons sortir. Vous avez amené les journalistes ?

— Ils sont là ! »

Ignacio et Mateo entassèrent des dossiers, des papiers et des chaises près de l'endroit où il y avait eu la porte. Ensuite, le délégué arrosa le tout de kérosène et posa la carafe par-dessus.

« Et maintenant, rendez-vous.

— Qui va se rendre ? demanda Garcia.

— Vous deux.

— D'accord, dit Mateo.

— Tout ça pour finalement se rendre ? protesta le sergent.

— On ne peut pas faire autrement. Si nous sortons par-derrière, ils vont nous descendre.

— Mateo n'a qu'à se rendre. Il ne sert pas à grand-chose ici.

— Toi aussi, tu te rends ! »

Garcia regarda le délégué. Il eut un sourire amer. Ses dents salies par le tabac avaient une certaine férocité.

« Qu'est-ce qu'il y a ? Vous voulez vous tirer tout seul ?

— Tu sais très bien que je ne vais pas m'enfuir.

— Alors, là où vous irez, moi je vous suis. Vous croyez vraiment que si je me rends, ils vont me serrer contre leur cœur ? »

Ignacio le regarda et ne put s'empêcher de sourire. Sa main serra l'épaule du policier. Puis ses yeux se posèrent sur l'employé de mairie.

« Vas-y, Mateo. »

Mateo alla jusqu'à la porte. Il se retourna.

« Prenez soin de vous, don Ignacio, dit-il.

— Mais oui, ne te fais pas de souci. »

Mateo se montra et cria :

« C'est moi, Mateo ! Je sors !

— Les mains en l'air ! » cria Rossi.

Mateo leva les bras et sortit. Il tremblait. A peine fut-il sur le trottoir qu'il eut ses vêtements trempés par la pluie. Il enjamba le corps de Pelaez. Tandis qu'il traversait la rue, il pensa à sa fille. L'eau lui montait au-dessus des chevilles.

Deux civils vinrent le chercher. Le ciel frémit dans un éclair qui déchira les nuages et retarda le claquement sec du tonnerre. Ils poussèrent Mateo jusque derrière le bulldozer où attendait Suprino.

Le secrétaire lui expédia un coup de poing dans le nez. Mateo tomba contre la cabine. Un civil lui enfonça le canon de sa mitraillette dans l'estomac. L'employé alla buter en arrière contre l'énorme roue du véhicule. Comme il s'affaissait, il commença à suffoquer et cracha. Le pantalon blanc du civil se teinta de rouge à la hauteur des genoux. Mateo demeura assis, la tête inclinée sur l'épaule.

« Enfant de putain ! Je vais te faire la peau ! » rugit le garçon au pantalon maculé. Il leva sa mitraillette et abattit la culasse sur la tête de l'employé de mairie. Ses cheveux se teintèrent soudain de rouge et le sang commença à couler doucement sur sa veste. Suprino s'interposa entre Mateo et le civil. Le garçon leva le canon de son arme et le fourra sous le nez du secrétaire du parti.

« Ote-toi de là, dit-il d'une voix énervée. Ote-toi de là ou ça va être ta fête ! »

Suprino s'écarta. Il regarda Rossi.

« Emmène-le. Mets-le au commissariat. »

Rossi hésita devant le civil qui continuait à le menacer de son arme.

« Bouge pas, menaça le garçon. C'est moi qui m'en occupe. »

Il s'accroupit et examina le visage de Mateo. Il avait les yeux fermés. Le civil sortit un petit couteau à cran d'arrêt et l'ouvrit avec un bruit bref et net. Il l'approcha de la gorge de Mateo et appuya. La lame entra dans la chair. L'employé eut un tressaillement et ouvrit les yeux.

« Non... ne me tuez pas, balbutia-t-il. I... Ignacio n'est pas... mort... »

Le civil leva la tête et regarda Suprino. Il sourit.

« Qu'est-ce que t'en dis, papa ? » Sa voix était railleuse. « Ils sont en train de se foutre de nous. »

Suprino s'accroupit et saisit Mateo par ses revers. Comme il le secouait, le couteau du garçon pénétra plus profondément dans la gorge de Mateo.

« Qu'est-ce que tu racontes ? » La voix de Suprino n'était plus qu'un glapissement. « Parle ou je t'arrache la tête ! »

Mateo ferma ses yeux de toutes ses forces et se mit à trembler. Ses lèvres laissèrent échapper une écume sombre. Il recommença à cracher, mais il n'avait presque plus de souffle. Le liquide noir glissa sur sa chemise. Il fit un effort. Sa voix était complètement atone.

« Il... il est en train de... s'en... fuir...

— Qui c'est le mort ? » demanda le civil en montrant le trottoir.

« Pelaez... le... » Il voulut poursuivre, mais les mots restèrent derrière ses dents.

« Pelaez le fou », dit Suprino.

Les hommes se regardèrent. Rossi bourra de coups de pied les côtes du corps affaissé. Celui-ci bougea à peine. Guzman et Reinaldo s'approchèrent. Reinaldo contempla un instant Mateo. Puis il se tourna vers Suprino :

« Qu'est-ce qu'on fait ? demanda-t-il d'une voix préoccupée.

— Mets en marche le bulldozer. On les vide.

— Et celui-là, j'en fais quoi ? » Rossi montra Mateo.

« Tu le liquides.

— Hein ?

— Tu le liquides.

— Vous êtes fou !

— Je te dis de le fusiller, bon Dieu ! Ou bien tu veux que je te règle ton compte à toi aussi ? »

Rossi le regarda dans les yeux. Ils luisaient dans la pluie. A côté de Suprino, le civil braquait toujours sa mitraillette.

« Ça me semble exagéré, dit Guzman. Après tout, on n'a rien contre lui. Nous pouvons le laisser au commissariat.

— Pour qu'il raconte tout ? Il y a un journaliste qui traîne ses souliers dans le coin, et demain matin on aura sur le dos ceux de Buenos Aires si on ne règle pas ça rapidement. Nous sommes dans la merde jusqu'au cou.

— Je n'aime pas ça. S'ils le tuent, moi je m'en vais. C'est trop. »

Ils se regardèrent. Le civil poussa Rossi contre le bulldozer.

« Allez ! cria-t-il. Fais ce qu'on te dit !

— Bon, dit Guzman, eh bien moi, je me tire. Je ne veux rien avoir à faire là-dedans. »

Il commença à traverser la rue. Tous les regards le suivirent. Lorsqu'il arriva dans le cercle de lumière qui tombait du réverbère, le civil poussa un cri.

« Guzman ! »

L'adjudicateur se retourna. La rafale de mitraillette le rejeta dans l'ombre. Il serra ses bras sur son ventre et fit quelques pas à l'aveuglette. La seconde décharge l'atteignit aux jambes. Quand il tomba, sa tête heurta le sol. Il eut un dernier spasme et ne bougea plus. Le civil s'approcha ; parvenu à trois mètres de la masse inerte, il tira une autre fois. Le corps roula avant de s'immobiliser, flasque et désarticulé.

Le garçon revint sur ses pas et dirigea son arme sur le groupe. Il les regarda l'un après l'autre. Puis ses yeux se fixèrent sur ceux de Suprino.

« Nous avions besoin d'un mort, non ? » dit-il.

Personne ne répondit. Ils restèrent un moment silencieux. Le premier qui bougea fut l'officier Rossi.

« Toi, aide-moi », dit-il à Reinaldo. Ils se baissèrent, saisirent Mateo par les bras et le mirent debout. Les pointes des chaussures de l'employé raclaient le sol. Sa tête pendait sur celle de Reinaldo, qui sentait venir la nausée. Ils arrivèrent au tracteur. Rossi poussa Mateo contre le radiateur. Le corps se plia en deux vers l'avant. Le policier sortit son revolver. Reinaldo le regarda. Rossi tira à deux reprises et resta figé, comme s'il contemplait quelque chose d'étrange et d'insaisissable. Reinaldo se mit à vomir.

La rue s'illumina soudain d'un éclat rouge. Des flammes épaisses commencèrent à jaillir des fenêtres de la mairie. La façade de l'édifice explosa dans une pluie de briques et de morceaux de bois. Suprino et les civils

coururent s'abriter à l'angle de la rue. Seuls Reinaldo et
Rossi demeurèrent là où ils étaient, immobiles. Le
policier entendit Mateo lorsque celui-ci poussa un
ultime gémissement.

Ignacio et le sergent Garcia sortirent dans la cour en
rampant. Lorsqu'ils entendirent l'explosion, ils coururent jusqu'au mur de côté et se jetèrent sur une plate-
bande de fleurs. La lueur de l'incendie commençait à
illuminer le ciel. Ignacio aperçut un homme accroupi
sur un toit voisin. Il leur tournait presque le dos.
« On y va », dit Ignacio.
Ils se hissèrent sur le mur mitoyen et sautèrent dans
l'arrière-cour de la maison voisine. Un coq se mit à
glousser comme si on venait le chercher ; les poules,
aveugles, sautèrent sur le sol mouillé. Garcia buta contre un paquet blanc qui caqueta et fit un bond. Ignacio
ouvrit une porte grillagée et ils se retrouvèrent dans la
cour. La maison demeurait plongée dans l'obscurité.
Les deux hommes franchirent l'autre mur et enjambèrent une haie de troènes. Derrière, ils virent un passage
qui donnait sur la rue. Ils s'avancèrent. Ignacio se
pencha. Il y avait quelques voitures qui semblaient
avoir été abandonnées là depuis longtemps. Se faufilant
le long du trottoir, ils arrivèrent au coin de la rue.
Presque sous le réverbère, Ignacio aperçut la camionnette qu'il avait vendue à Suprino. Elle était garée
devant la maison du secrétaire du parti. C'était une Ford
A, avec un toit en bâche. Ignacio se rappela qu'elle
n'avait jamais eu de démarreur. Il chercha la manivelle
dans la cabine, sous le siège, puis il alla vers le pare-

chocs avant et inséra la tige avec difficulté. Il donna deux tours, trois tours, jusqu'à ce que le moteur démarre. Les deux hommes montèrent à l'intérieur. La banquette était trempée. Ignacio serra les dents, passa la première et commença à lâcher l'embrayage. Toute la carrosserie frémit. C'est à ce moment-là qu'ils entendirent une voix, plutôt jeune.

« Cette fois, les mecs, la plaisanterie est finie. »

Le canon du fusil s'appuya contre la tête d'Ignacio. Le sergent Garcia, d'un mouvement presque imperceptible, approcha sa main droite de la détente de sa mitraillette et plaça son doigt dessus avec précaution.

« Descendez les mains en l'air », dit le garçon.

Garcia pressa la détente. La porte de la camionnette vola en éclats, arrachée par l'impact des balles. Le corps du garçon fut projeté en arrière et retomba en se tordant au milieu de la rue. La camionnette eut un soubresaut et s'arrêta.

« La manivelle ! » cria le délégué. Garcia ouvrit la portière qui restait et se précipita à l'avant de la Ford. Il donna plusieurs tours de manivelle. Ignacio était en train de se dire que le moteur avait toujours été capricieux quand il vit les six hommes qui les tenaient en joue.

« Tu m'as fait passer une sale journée, Ignacio, dit Suprino. Le moment est venu de dire ta prière. »

La bicyclette monta sur le trottoir, décrivit un « s » et se redressa. Juan essaya de pédaler plus vite, mais il était à bout de forces. Quand il entendit l'explosion, il se trouvait à une cinquantaine de mètres de la place. Il leva la tête pour voir le feu au-dessus des toits. Pendant une minute, il eut l'impression que la dynamite allait être inutile. Il jeta sa bicyclette contre le premier arbre de la place et s'enfonça entre les plates-bandes de coquelicots. Un ouvrier de l'équipe de voirie vint à sa rencontre. Puis d'autres accoururent. Juan défit le paquet de sa ceinture et le donna au premier qui le rejoignit.

« C'est de la dynamite, compagnon, dit-il.

— De la dynamite ! cria un homme au visage d'Indien. De la dynamite pour enculer les gorilles ! »

Juan s'assit sous un arbre dont le feuillage épais laissait à peine passer la pluie. Un homme court sur jambes et bedonnant s'approcha ; il lui tendit une bouteille de vin. Juan avala une gorgée. Puis il s'appuya contre l'arbre et s'endormit.

Le commissaire Llanos cherchait une position plus confortable. Il était surtout gêné par sa tête qui le démangeait et qui l'obligeait à constamment se gratter contre le mur. Encore heureux, pensa-t-il, que ceux qui l'avaient déposé là aient choisi un angle, ce qui lui permettait de le faire sans trop de difficulté. On lui avait solidement attaché les mains et les pieds, et tous ses efforts pour se libérer s'étaient révélés inutiles. Le foulard qui lui bandait les yeux le serrait trop aux oreilles, mais il ne l'empêcha pas cependant d'entendre une porte s'ouvrir. Puis il y eut des pas sur un escalier en bois. Quelqu'un s'arrêta près de lui et posa quelque chose de lourd sur ce que Llanos supposa être une table.

« Ça va, commissaire ? demanda l'arrivant.

— Si l'on veut », répondit-il sans aménité. Sa tête recommençait à le démanger.

« Vous boirez bien un petit coup avec moi ?

— Ça ne serait pas de refus, répondit Llanos, je me sentais un peu seul. »

Les pas se rapprochèrent et le commissaire sentit des mains rêches et noueuses lui retirer son bandeau. L'endroit était plongé dans la pénombre. Le peu de lumière provenait d'une lampe à kérosène dont la mèche dégageait une fumée noirâtre. Llanos cligna les yeux quelques instants, mais s'accoutuma vite à la faible lumière. Il se pencha pour se gratter la tête contre le mur et regarda l'homme.

« Ça me démange ! »

L'homme debout devant lui était grand et massif. Un bas de femme, dans lequel il avait fait deux trous à l'emplacement des yeux, lui dissimulait le visage. Il portait un blouson de cuir noir et un pantalon marron très froissé. Des filets d'eau couraient dans les plis de son blouson. Il secoua la tête et quelques gouttes vinrent éclabousser le commissaire.

« Il pleut toujours, constata le policier.

— Comme vache qui pisse. »

Llanos l'examina plus attentivement.

« Vous êtes d'ici ? » demanda-t-il.

L'homme à la cagoule ne répondit pas.

« Alors ce petit coup, on se le boit ?

— Tout de suite. »

L'homme alla jusqu'à la table, ouvrit un sac, sortit une bouteille et ôta le bouchon. Il avala une gorgée, puis s'approcha du commissaire.

« Il va falloir que je vous fasse boire comme au biberon.

— Vous n'allez pas me détacher ?

— Non. »

Le commissaire ouvrit la bouche et l'homme à la cagoule lui fourra le goulot de la bouteille entre les dents. Llanos avala deux gorgées et s'étouffa.

« Excusez-moi, dit l'homme, je l'ai trop penchée.

— Je vais rester comme ça jusqu'à quand ?

— Jusqu'à sept heures. Si, à sept heures, je n'ai pas reçu de contre-ordre, je vous fusille. »

Llanos eut un haut-le-corps.

« Vous plaisantez. Qui a donné cet ordre ?

— Les autres. Jusqu'à sept heures, ils m'ont dit. Et si personne n'arrive avec un contre-ordre...

— Bon Dieu ! dit le commissaire. Et vous êtes combien ?

— Vous devriez le savoir. C'est vous qui êtes flic.

— Savoir quoi ? » (Il recommença à se gratter contre le mur). « Je n'y comprends rien. »

Il fit un effort pour changer de position.

« Ils m'ont foutu le cul contre une planche. Ça me fait mal.

— Commissaire ?

— Quoi ?

— Je vais vous détacher les mains. Juste les mains, pour que vous puissiez vous gratter. Vous n'allez pas faire de conneries, hein ?

— Ça, mon vieux, ça serait gentil.

— Ne me prenez pas pour une andouille. J'ai un fusil.

— Mais non, sois tranquille. »

Il lui délia les mains. Le commissaire remua ses doigts pour les dégourdir, puis retira une saleté de son œil.

« Et maintenant, passe-moi la bouteille. »

L'autre s'exécuta. Llanos but deux longues gorgées

et respira profondément. Il regarda l'homme qui se tenait devant lui, sa silhouette se découpant à contre-jour.

« Quel âge as-tu ?

— Vingt-quatre ans.

— Tu aurais le courage de me tuer comme ça ?

— Comment comme ça ?

— De sang-froid.

— On n'y peut rien, commissaire.

— Il faut être un lâche pour tuer un homme attaché.

— Je vous détacherai.

— C'est pareil. Tout aussi moche.

— A sept heures, ils ont dit.

— Quelle heure est-il ?

— Trois heures et quart. »

Quelque chose de dur s'abattit sur la mâchoire d'Ignacio. Le délégué tomba sur le fichier des comptes bancaires et il sentit vaguement quelque chose s'incruster dans son dos. Il se rendit compte qu'il était en train de mâcher ses propres dents. L'air parvenait à peine à se frayer un passage jusqu'à ses poumons. Il vit la chaussure arriver sur son visage et réussit à l'éviter, mais le coup l'atteignit en pleine poitrine. Le bureau disparut l'espace d'un instant, puis s'éclaira de nouveau et le délégué distingua avec difficulté ce qui l'entourait. Les images tanguaient. Quelqu'un le saisit par une jambe et le traîna sur un mètre ou deux. Deux hommes le soulevèrent et le couchèrent sur ce qui lui parut être un bureau. Ignacio ferma les yeux et tenta d'écouter les voix qui s'entrecroisaient à côté de lui, mais il lui fut

impossible de capter un signal cohérent. Un bourdon-
nement aigu lui vrilla la tête et se logea dans son
cerveau. Il entendit un rugissement sortir de sa gorge.
Son propre cri fit naître en lui un sentiment d'horreur. Il
fit un effort pour ouvrir les yeux, mais ses paupières
pesaient aussi lourd qu'un rideau de plomb. Se cram-
ponnant avec les mains aux bords de la table, il réussit
finalement à les ouvrir. Il vit un point rouge, fumant.
Un feu solide compressa ses yeux. Il sentit que sa tête
n'était plus qu'un tourbillon de douleurs qui ne parvenaient pas à se fondre en une seule. Et il souhaita que la
mort l'arrache à ce cauchemar.

La mairie paraissait sur le point de s'effondrer. Le
lourd camion des pompiers arriva avec seulement trois
hommes à son bord tandis que retentissait la sirène appe-
lant d'autres volontaires. Toute la ville semblait teinte en
rouge clair. Les pompiers, qui avaient enfilé leurs
uniformes en vitesse, n'arrivaient pas à dérouler le tuyau
trop sec. Le chef pensa que si Dieu continuait à déverser
autant d'eau, le feu s'éteindrait tout seul. Mais avant, il
fallait isoler les maisons voisines. Quoi qu'il en soit, le
problème était sérieux. Les gens restaient dans la rue,
s'agglutinaient sur les trottoirs et compliquaient le travail.
Huit hommes arrivèrent, venant de la place. Ils traversèrent jusqu'à l'angle et vinrent se mêler aux badauds.
Chacun avait à la main une cartouche de dynamite.
Le journaliste de Tandil qui était resté sur place depuis la conférence de presse s'approcha du coin de la
place. Il se dit qu'il n'avait jamais rien vu de pareil. Des
hommes tirant dans les rues, des morts, des blessés, et

maintenant un incendie. Un garçon plutôt grand, aux cheveux coupés très courts, et qui était caché dans l'ombre d'une entrée, le saisit par le bras et l'attira dans l'obscurité.

« Vous êtes journaliste, n'est-ce pas ?

— Oui.

— Alors, dites à Suprino et au maire de libérer Ignacio avant sept heures. Si à cette heure-là le délégué n'est pas sur le quai, ils y trouveront le cadavre du commissaire Llanos.

— Vous l'avez en otage ?

— Disons que c'est un prisonnier de guerre.

— Qui êtes-vous ?

— Aucune importance.

— La police a le délégué ?

— Oui. Faites vite, sinon ils vont le tuer. Vous avez vu comment ils ont descendu Mateo et l'autre, hein ?

— Gugliemini ne va pas les laisser continuer.

— Ça, c'est moins sûr. Grouillez-vous un peu si vous voulez vous rendre utile. »

L'avion passa à cent mètres au-dessus des maisons. L'homme leva la tête comme s'il pouvait le voir à travers le plafond. Comme le journaliste partait, il le saisit de nouveau par le bras.

« Demandez aussi un agent du nom de Garcia. Qu'il soit là-bas avec le délégué.

— Vous êtes tous cinglés. Si ça continue comme ça, on va voir débarquer l'armée.

— Nous aussi on y a pensé et c'est pour ça qu'on est pressés. »

Le journaliste s'éloigna. Quand il arriva au coin de la rue, il vit que toutes les lumières des façades des maisons bordant la grand-rue étaient en train de s'allumer. On entendit de nouveau l'avion, plus proche.

Cerviño regarda l'incendie et l'éclat des flammes qui se reflétait dans le pare-brise. Torito se cabrait dans l'orage, tombait dans de profonds trous d'air. Cela le faisait râler d'arriver en retard. Il n'arrivait pas à imaginer ce qui se passait en bas. Si Suprino et Llanos avaient mis le feu à la mairie, peut-être qu'Ignacio s'était rendu. A moins qu'ils ne l'aient tué. Et Juan, qu'est-ce qu'il pouvait bien faire? Les choses devenaient plus compliquées que prévu. Il devait décider seul de la suite des opérations. Quand l'avion piquait du nez, il distinguait une certaine agitation devant le bâtiment de la mairie, mais le reflet des flammes et le rideau de pluie l'empêchaient de voir avec précision ce qui se passait. Soudain, les lumières de la grand-rue s'allumèrent. Cerviño fut rassuré. Tandis qu'il cherchait le bout de cette route improvisée, il jugea que, de toute façon, le largage ne serait pas inutile. Il réduisit la vitesse du moteur et laissa Torito planer, porté par le vent au-delà de la ville. Ça n'allait pas être de la tarte d'enfiler ce couloir à basse altitude. Cerviño pensa que sa tâche deviendrait plus dangereuse quand il arriverait à proximité de l'incendie et que celui-ci lui ôterait toute visibilité. Il fallait mesurer la force du vent, la hauteur des fils électriques et la puissance du moteur. Jamais, se dit Cerviño, depuis douze ans qu'ils étaient ensemble, Torito et lui ne s'étaient lancés dans une entreprise aussi délicate.

Il vira de cent quatre-vingts degrés dans l'obscurité et aperçut de nouveau l'incendie, dans le lointain. C'est alors qu'il entendit le moteur s'étouffer et vit, devant ses yeux, l'hélice immobile. Livré à lui-même, Torito suivait les caprices du vent. Cerviño calcula qu'il n'était pas si loin que ça du sol. Il ne put réprimer un sentiment d'irritation, comme si un ami le trahissait. « Torito, ce n'est pas le moment de me faire chier », grommela-t-il. Il pressa sur le démarreur. Au second essai, le moteur se remit en marche, pour de nouveau s'arrêter. Tout en insistant, Cerviño pensa que le distributeur devait être noyé. A ce moment précis, Torito rugit et accepta d'accélérer à fond. Lentement, il reprit de l'altitude. Cerviño martela de ses poings le tableau de bord.

« Vas-y, mon vieux Torito ! Fonce ! »

Il leva la bouteille de genièvre et but une gorgée.

« A la tienne, vieux frère ! » cria-t-il, et il arrosa d'un jet le tableau de bord. « Bon Dieu ! On va les faire chier ! »

Cerviño mit le cap droit sur l'incendie et profita d'un remous. Il laissa Torito perdre de la hauteur jusqu'à presque toucher les toits des voitures. Puis il accéléra à fond. De chaque côté, les lumières des maisons défilaient à une allure vertigineuse. Cerviño vit le reflet changer de couleur sur les ailes de l'avion. Il manœuvra le levier commandant le réservoir dont le contenu commença à tomber doucement, mélangé à la pluie.

Juan dormit une demi-heure. A quatre heures, Moran le réveilla d'une tape sur l'épaule.

« Tu t'es bien reposé ? »

Les muscles de ses jambes lui faisaient mal et il avait les yeux collés par une sorte de croûte. Il les frotta avec ses mains et réussit à les ouvrir. Un homme se trouvait à côté de Moran.

« C'est lui notre chef », dit Moran.

La pluie battait furieusement les cimes des arbres. Juan se releva avec peine. Il appuya ses mains sur ses genoux endoloris et plia le buste. Levant les yeux, il regarda le compagnon de Moran. Celui-ci devait avoir une trentaine d'années et il était vêtu d'un Jean, d'une chemise rayée et d'un blouson en toile raide. Un revolver était glissé dans sa ceinture.

« Du bon boulot, dit-il avec un sourire.

— Tout ça pour rien, répondit Juan, et il se passa la main dans les cheveux.

— Pourquoi ? demanda l'homme.

— Où est Ignacio ?

— Ils l'ont embarqué. »

Juan secoua la tête.

« C'est bien ce que je disais, pour rien.

— Nous allons le tirer de là », dit l'homme. Juan le regarda dans les yeux.

« Comment ?

— Vous verrez. Vous voulez nous aider ?

— D'abord, j'aimerais bien boire quelque chose. Je me sens plutôt vidé. »

Moran s'éloigna et revint avec une bouteille de vin. Juan se rinça la bouche et cracha. Puis il se mit à boire avec avidité. Quand la bouteille fut à moitié vide, il la rendit.

« Qu'est-ce qu'il faut faire ?

— Déposer quelques cartouches de dynamite à la banque. A quatre heures et demie pile.

— A quel endroit ?

— Vous allez monter sur le toit. Près du réservoir d'eau, il y a un vasistas protégé par des barreaux de fer.

Vous cassez la vitre, vous attachez les cartouches avec une ficelle solide et vous les passez entre les barreaux. Allumez les mèches à quatre heures vingt-cinq. Le vasistas donne dans les cabinets, juste à côté du bureau de Gugliemini.

— Je suis prêt », dit Juan.

Ils allèrent jusqu'à une tente où Juan enfila un vieux blouson en cuir tandis que Moran mettait quatre cartouches de dynamite, une boîte d'allumettes et une pelote de ficelle dans un sac en plastique. Juan fourra le tout à l'intérieur du blouson, contre son ventre. Il serra la main à chacun des hommes et partit. Il laissa la pluie couler sur son visage le temps d'être tout à fait réveillé, puis il leva les yeux et vit le ciel noir. De temps à autre, un éclair lui permettait de distinguer les nuages. Il s'arrêta brusquement, chercha dans sa ceinture et ses poches et jura. Il revint à grandes enjambées vers la tente.

« J'ai oublié mon flingue », expliqua-t-il.

Moran lui tendit son revolver. Juan le mit dans la poche du blouson. Puis il quitta la place, fit le tour du pâté de maisons et apparut au coin de la mairie. Il se glissa entre les gens qui se pressaient pour regarder l'incendie, mal protégés par des parapluies ou des journaux. Arrivant devant le camion des pompiers, il s'immobilisa un instant. Quelqu'un l'appelait. Il se retourna. Une femme lui tendit le sac en plastique.

« Vous avez perdu ça, dit-elle.

— Merci ! » répondit Juan. Il serra solidement le paquet avec sa ceinture et poursuivit son chemin. Quand il arriva à la rue qui donnait sur l'arrière de la banque, il s'avança en restant très près du mur. Il vit un civil endormi dans une voiture ; le canon d'un fusil dépassait de la vitre ouverte. Juan jeta un regard d'un côté, puis de l'autre. La rue était vide. Il se glissa doucement jusqu'à la portière de l'auto contre laquelle ronflait, bouche grande ouverte, le garçon à qui appartenait l'arme. D'un geste rapide, il sortit son revolver et l'appuya contre les dents du dormeur. Puis il poussa le canon qui pénétra jusqu'au fond de la gorge. Le garçon eut un hoquet.

« Lâche ton fusil, mon mignon. Allez, vite ! »

Le civil laissa choir son arme sur le plancher de la voiture. Juan s'écarta légèrement et ouvrit la portière.

« Descends ! »

Le garçon trébucha en sortant. Juan braqua son revolver sur sa tête.

« Et gentiment, pas d'entourloupettes.

— Si tu me touches, espèce de crapule, ils vont te hacher menu.

— Tu crois ça ? dit Juan. Ils sont nombreux ?

— Suffisamment pour te faire la peau.

— Parfait ! Reste là et ne bouge pas. »

Juan recula jusqu'à l'auto. Sans cesser de tenir le garçon en joue, il tâtonna sur le plancher pour récupérer le fusil. Lorsqu'il l'eut trouvé, il le montra au garçon.

« Sans lui, tu es une vraie merde. Une lavette. »

L'autre eut un rire forcé.

« Lâche ton feu et on va voir qui de nous deux est une lavette.

— Tu parles, mon pote. C'est celui qui tient ça qui commande. » (Il lui enfonça son revolver dans l'estomac.) Le civil le regarda fixement. Il cracha les mots :

« Communiste de merde ! »

Juan lui assena un coup de revolver sur le menton. Le garçon vacilla et porta les mains à son visage. Juan lui donna un coup sur la tête et le laissa basculer lentement vers l'avant. Puis il s'accroupit et le palpa avec soin. Dans une poche, il trouva une plaque.

« Des flics ! dit-il à voix basse. Ce sont des flics ! »

Une balle ricocha sur le mur. Juan se jeta par terre et tira au jugé. Il se rendait compte qu'il s'était attardé là trop longtemps. Il commença à ramper vers la voiture pour se mettre à l'abri. Une autre balle arracha des étincelles à l'asphalte et une poussière fine et brûlante lui saupoudra les joues. Pendant une minute, Juan resta collé au sol, bougeant à peine la tête pour repérer son agresseur. Une rafale de mitraillette balaya la rue.

« Merde, ils sont deux ! » pensa-t-il tout haut.

Le garçon qu'il avait assommé essaya de se redresser. Juan ne bougea pas. C'est à peine s'il levait son revolver pour l'empêcher d'être mouillé par l'eau qui courait sur le sol. Le civil s'était remis debout, chancelant. Une autre balle troua la portière de l'auto.

« Ne tirez pas ! cria le garçon. C'est moi, Raúl ! Ne tirez pas ! »

Il n'avait pas vu Juan. Lorsqu'une autre décharge crépita, il se jeta contre la voiture ; son corps heurta le capot et il se laissa tomber à genoux. Juan lui mit son revolver sur la nuque.

« Salut, mec, c'est encore moi ! »

Raúl ne regarda pas, la voix suffisait.

« Tu ne sortiras pas vivant de là », dit-il, et il toussa.

« Toi non plus, dit Juan. Debout !

— Tu es dingue !

— J'ai dit debout. »

Il lui enfonça son genou dans le dos. Le garçon commença à se relever, les mains en l'air.

« C'est moi, Raúl ! cria-t-il. Ne tirez pas ! »

Juan se colla contre son dos tout en lui appuyant son

revolver sur la nuque et le poussa vers le trottoir de la banque. Ils firent quatre pas. Un fusil rugit. Raúl partit vers l'avant. Juan sentit dans la poitrine un choc amorti qui lui coupa un instant le souffle. Il accompagna dans sa chute le corps inerte. Puis il leva les yeux vers les toits et courut, plié en deux, jusqu'au jardin de la maison voisine de la banque. Une balle siffla à proximité. Juan se jeta derrière le petit mur. Il examina la maison. L'entrée réservée aux voitures donnait sur le fond de l'arrière-cour. Il entra. Une fois dans la cour, il inspecta le mur mitoyen. Il devait l'escalader pour arriver à la banque. Pour le moment, il était à l'abri de son agresseur. Il reprit son souffle et jeta un coup d'œil à sa montre. Quatre heures vingt-cinq. Posant les mains sur les bords du mur, il se baissa, prit appui sur ses pointes de pieds et grimpa. De là, il monta sur le toit de la banque. Là-haut, battu par le vent et la pluie, il pouvait voir l'incendie et les lumières. Il s'approcha du réservoir d'eau et aperçut le vasistas. A l'intérieur, il y avait de la lumière. Il ouvrit le sac en plastique, sortit le paquet de dynamite et fit écran avec son corps pour allumer les mèches. Puis il cassa la vitre avec le talon de sa chaussure. Soudain, il entendit le moteur de l'avion. Levant la tête, il scruta le ciel obscur.

« Cerviño ! » cria-t-il.

Il n'arrivait pas à voir Torito, mais il l'entendait se rapprocher. Les étincelles des mèches lui brûlèrent légèrement les mains. Sans perdre une seconde, il attacha les cartouches avec la ficelle et les passa par le vasistas. Au-dessus de lui, l'avion rugissait. Il leva les bras.

« Vas-y, Cerviño ! »

Une odeur nauséabonde envahit l'air. Juan sentit que quelque chose d'autre que la pluie lui coulait sur la figure. Il passa sa main et la respira. Il eut une grimace de dégoût.

« Merde ! Cerviño, tu es en train de leur chier dessus ! » s'écria-t-il en éclatant de rire.

« Je m'occuperai de toi tout à l'heure » dit le civil.

Il tenait dans sa main droite la chaîne avec laquelle il avait battu le sergent Garcia. Le vieil uniforme du policier était trempé et déchiré. Entre les revers de la veste déboutonnée apparaissait sa chemise sale et raidie par l'eau. Un autre coup lui avait légèrement ouvert le front. Il appuya ses mains contre le mur et glissa sur le sol. Sa tête bascula en avant, quelques gouttes sombres s'échappèrent de la blessure et vinrent tacher le sol. Il eut l'impression d'avoir une côte brisée. Il attendait le coup suivant. Lorsqu'il se retourna pour regarder le civil, il s'aperçut que celui-ci avait disparu. Quelqu'un ferma le verrou de la cellule. Levant les yeux, il vit le garçon dans la pièce voisine, en train d'enlever sa chemise. Il avait sorti des vêtements secs de l'armoire où les agents rangeaient leurs affaires. Il les enfila et mit la chaîne et le revolver dans la poche de sa veste. Puis il disparut dans le couloir.

Garcia resta longtemps immobile, n'ayant pas le courage de bouger. Finalement, quand il fut certain qu'il n'y avait personne dans le poste de police, il commença à se relever. S'aidant de ses mains contre le mur, il se redressa peu à peu jusqu'au moment où il réussit à se mettre debout. Il s'approcha lentement des lits superposés et se jeta sur celui du bas. Il était très dur. Garcia se rappela le nombre de fois où il avait refusé un matelas à Juan. Il pensa aussi à la nuit où il s'était amusé à arroser au jet d'eau le fou Pelaez. Jamais il ne lui serait venu à l'idée que lui aussi se retrouverait un jour sous les verrous. Il demeura immobile un moment pour ménager son dos meurtri par les coups et s'endormit sans en avoir conscience. Une voix le réveilla.

« Psst ! Garcia ! »

Il ouvrit les yeux et, sans bouger, chercha qui l'appelait. La cellule et le couloir étaient toujours déserts.

« Psst ! Ici ! »

Il leva la tête vers la petite fenêtre qui donnait sur la cour et aperçut entre les barreaux le visage de Moran.

« Qu'est-ce que tu fais là ? » demanda le sergent.

Moran glissa un paquet noir entre les barreaux.

« Fous-toi par terre, je vais faire sauter le mur.

— Mais tu vas me tuer, imbécile !

— Tire ton pieu contre l'autre mur, glisse-toi dessous et aplatis-toi bien.

— Pas question, je n'ai pas envie de recevoir le plafond sur la tête.

— Je ne vais mettre qu'une cartouche. Allez, magnetoi. »

Garcia se leva et entreprit de tirer le lit. Il le poussa contre le mur, puis resta là sans bouger, observant les gestes de Moran. Le garçon était en train d'attacher la cartouche de dynamite à l'un des barreaux. Il passa ensuite les allumettes au policier.

« Prends-les, il pleut trop. »

Garcia saisit les allumettes. Il en alluma une qui fit une flamme brève et s'éteignit aussitôt.

« Alors, qu'est-ce que tu attends ? » dit Moran à voix basse.

Garcia gratta nerveusement une seconde allumette.

« Dès que la brèche est faite, tu sautes dans la cour.

De là, tu passes dans la rue et tu rejoins les types qui sont sur la place.

— A condition que je n'y laisse pas ma peau. Attends tout de même un peu pour voir.

— Je n'ai pas le temps, dit Moran, il faut que j'aille faire péter un autre truc.

— C'est bon, tire-toi. Tu sais où est Ignacio ?

— Non. Ils ont dû le descendre.

— Les salauds, murmura Garcia.

— Presse-toi, sinon c'est ce qui t'attend. »

Moran sauta et disparut de la vue du sergent. L'allumette enflammée brûla les doigts du policier qui la lâcha. Serrant les dents, il en alluma une autre. Il l'approcha de la mèche qui commença à brûler en jetant des étincelles jaunes. Il la regarda un instant, puis se faufila sous le lit. Collant son visage au sol, il retint sa respiration. Au moment où il allait se boucher les oreilles avec les mains pour se protéger de l'explosion, il entendit un bruit de pas devant la porte de la cellule.

« Bon Dieu, qu'est-ce que tu fous là-dessous, Garcia ? » dit une voix jeune.

Le sergent garda le silence.

« Sors de là ou je te tire dessus ! » C'était le civil qui l'avait battu avec la chaîne.

« Je dors » dit Garcia.

Il entendit qu'on ôtait la sécurité d'un revolver. Il se recroquevilla et se boucha les oreilles, attendant le coup de feu. C'est alors que l'explosion sembla lui arracher les bras et le souleva du sol. Il eut l'impression que tout se retournait dans son corps. Un bloc pesant tomba sur son dos et l'immobilisa. Avec effort, il réussit à se dégager. Il passa sa main sur ses yeux fermés. Lentement, il commença à ouvrir les paupières et rampa sans rien voir dans le nuage de poussière qui l'enveloppait. Il perçut vaguement le bruit d'une détonation et s'aplatit de nouveau sur le sol. Finalement, il se mit à genoux. Il y eut un claquement sec et son bras gauche partit brusquement vers l'arrière. Pendant un instant, il ne le sentit plus. Prenant appui avec sa main droite sur un morceau de maçonnerie qui s'était arraché du mur, il parvint à se mettre debout. La poussière s'engouffrait dans l'énorme trou qui s'ouvrait sur la nuit. Garcia regarda autour de lui et vit le civil dans le couloir, étendu contre la grille tordue qui avait été la porte de la cellule. Le sol était jonché de briques et de gravats.

« Fumier ! » dit le civil en tirant de nouveau. La balle alla se perdre quelque part.

« Va te faire foutre ! » hurla Garcia. Il poussa un cri aigu désespéré. Le garçon pouvait à peine soutenir le revolver qui pendait dans sa main droite. Garcia voulut soulever un bloc de maçonnerie pour l'assommer, mais son dos lui faisait trop mal. Il tituba et se retrouva sans savoir comment devant le civil. Celui-ci essaya de lever son arme, mais elle était trop lourde. Garcia lui expédia un coup de pied dans la figure. Le corps du garçon s'aplatit comme une crêpe sur le sol. Le sergent perdit l'équilibre et tomba sur le dos. C'est alors qu'il put entendre avec netteté le bruit de la pluie. Dans le couloir, quelqu'un courait. Il prit le revolver du garçon et visa l'entrée. Lorsque la première silhouette apparut, il tira. Le blouson de l'homme se couvrit de sang. Il voulut se retenir au mur mais bascula vers l'avant, à côté de Garcia. Celui qui arrivait derrière lui en courant tira à l'aveuglette. Le sergent appuya de nouveau sur la détente et vit que le garçon n'avait guère plus de vingt ans. Son visage se déforma aussitôt. Il porta les mains à son sexe et tomba. Le sergent se remit debout. Autour de lui, tout tournait. Il se dirigea vers la brèche et sauta.

Il atterrit à plat ventre dans une flaque et resta un instant la tête immergée dans l'eau. Toussant, il se passa la main gauche sur la bouche et eut l'impression qu'un couteau lui déchirait l'avant-bras. Il se leva, trébucha, retrouva l'équilibre.

« Ma bonne femme, dit-il. Qu'est-ce qu'elle va dire, ma bonne femme ? »

Le chef des pompiers vit une ombre énorme et indistincte foncer sur lui ; il se jeta par terre. La lance d'incendie lui échappa des mains et serpenta sur la chaussée, arrosant copieusement les badauds qui se dispersèrent en courant. Le bruit de l'avion fut un véritable coup de tonnerre et, durant un instant, tout devint noir. Une odeur âcre les prit tous à la gorge. Les gens couraient à la recherche d'un abri. Deux femmes tombèrent ; un gamin buta contre le corps de l'une d'elles et tomba lui aussi. Quelques-uns de ceux qui arrivaient derrière eux réussirent à les enjamber, mais d'autres s'effondrèrent à leur tour et une pile de bras et de jambes s'agitant en tout sens commença à se former. Un homme bâti en armoire à glace évita la montagne humaine juste au moment où le chef des pompiers tentait de se relever. Le genou du géant le cueillit en pleine poitrine et il reprit de nouveau contact avec le sol. Quatre paires de chaussures piétinèrent son uniforme. Le pompier sentit une de ses côtes craquer et ouvrit la bouche pour respirer, mais sa gorge se remplit seulement de pluie. Ses auxiliaires avaient disparu, emportés par la tourmente. Ceux qui se trouvaient à proximité des trottoirs se réfugièrent dans les entrées et les jardinets et envahirent les maisons. Deux minutes plus tard, l'avion était déjà loin et la rue demeurait jonchée de corps qui rampaient ou faisaient des galipettes absurdes avant de tomber. Plusieurs explosions se détachèrent sur le concert de gémissements. Le chef des pompiers rampa jusqu'au trottoir. Malgré la pluie, l'incendie redoublait de vigueur et d'éclat. Le pompier, le corps endolori, se retourna pour regarder le ciel. Il sortit un mouchoir trempé et se le passa sur la figure.

« Sergent Luis ! » cria-t-il.

Il entendit une voix faible. Puis un gémissement qui se traînait dans sa direction.

« Blessé dans l'accomplissement de mon devoir », balbutia le sergent en question.

« Il y a d'autres incendies » dit le chef.

Le sergent leva les yeux. Tout le ciel brûlait.

« Attaque aérienne » décida-t-il.

Le chef essaya d'aspirer un peu d'air. Sa poitrine et ses jambes lui faisaient aussi mal que s'il avait été roué de coups.

« Sergent.

— A vos ordres, chef.

— Vous pouvez bouger ?

— Je crois que oui.

— Mettez en marche la sirène de la voiture-pompe ! »

Le sergent se releva et s'approcha en titubant du camion. A l'angle de la rue apparut un petit homme en uniforme qui faillit plusieurs fois perdre l'équilibre en courant.

« Chef ! Ils ont fait exploser la caserne ! » cria-t-il avant de faire une embardée qui l'expédia contre le bord du trottoir. Le pompier miniature commença à ramper vers son chef.

« Une bombe ! dit-il. Ils ont mis une bombe ! »

Le hurlement de la sirène domina bientôt le vacarme et cloua le bec au nouveau venu. Le sergent essaya de rejoindre son compagnon pour l'aider à traverser, mais la chaussée était une vraie patinoire. Il fit quatre ou cinq pas sans progresser d'un pouce. Une Peugeot tourna au coin de la rue à toute allure. Ses pneus arrière patinèrent et la voiture partit en biais. Ses roues gauche passèrent sur le dos du petit pompier tandis que son pare-chocs projetait en l'air le sergent dont le corps atterrit à côté de celui du chef qui regardait la scène. L'auto, livrée à elle-même, vint s'écraser contre la voiture-pompe et explosa. Le feu se propagea rapidement au camion des pompiers. Un homme réussit à sauter de la voiture et tomba à plat ventre, les bras en croix. Son corps inerte dériva doucement sur la chaussée. Un revolver s'échappa de sa main.

Le chef des pompiers se mit à pleurer. Il rampa jusqu'au corps et prit son revolver. Puis il s'assit et regarda les toits. Tout était rouge et les maisons craquaient comme du papier cellophane entre les mains d'un gosse. Il approcha l'arme de son nez. Elle empestait.

« Que Dieu les protège », dit-il.

Il leva le revolver vers sa tempe droite et pressa la détente.

Délesté de son chargement, Torito se sentit plus léger. Il cessa de vibrer et répondit docilement aux injonctions de Cerviño. En quittant le couloir de lumière et tandis que le pilote hurlait sa joie, il arracha un câble de téléphone avec son gouvernail. L'avion oscilla un moment, puis reprit de la hauteur et fila vers les champs. Cerviño sifflait une chanson de Palito Ortega. Il se sentait bien. Tout ce qu'il voulait, c'était regagner la ville à bicyclette et voir comment la situation avait évolué pendant que Torito et lui étaient en l'air. Il modifia sa route et mit le cap vers la piste d'atterrissage improvisée. Il commença à descendre doucement, cherchant du regard les lumières du hangar qui étaient restées allumées. Elles apparurent dans le lointain. Laissant Torito planer, il calcula la distance qu'il y avait entre le début de la piste et la clôture. Il savait que le sol n'était qu'une flaque glissante. Les yeux sur la lumière du hangar, il accéléra et redressa le manche à balai. Cerviño sourit. Il avait toujours pensé que Torito était fait pour autre chose que déverser de l'insecticide. A cent mètres du sol, il se rendit compte que le bruit du moteur l'empêchait de rêver. Il tourna la clé de contact et réduisit l'engin au silence. Puis il écouta le bruit du vent et de la pluie sur le fuselage.

« Merci, vieux frère », dit-il en secouant les commandes de l'avion.

Les roues de Torito touchèrent le sol et s'enfoncèrent dans la boue avant de stopper devant les portes du hangar. A l'intérieur, les phares d'une voiture s'allumèrent. Cerviño demeura immobile, ébloui.

Juan sortit dans la cour. Pendant qu'il courait vers la porte de la maison, il entendit l'explosion. Il lui sembla qu'autour de lui, tout tremblait. Il se jeta par terre et se retourna au moment où le mur par lequel il était redescendu finissait de s'ébouler. La pluie chassait la poussière qui sortait de la banque. Il se releva et se laissa lui aussi nettoyer par l'eau. Quand il ouvrit son blouson, le torrent qui se déversa sur sa poitrine lui fit l'effet d'une douche froide. Il se sentait en pleine forme, la tête claire et le corps à neuf, comme s'il avait dormi cent heures d'affilée. Il sourit et se dirigea vers la sortie. Alors qu'il traversait le jardin, il vit un homme s'accroupir derrière la vieille Dodge qui stationnait le long du trottoir opposé. De nouveau, il se jeta à plat ventre et sortit son revolver. Il attendit un moment. L'homme caché ne se manifestait pas. Juan rampa jusqu'au mur de l'entrée et se pencha, prêt à tirer. Il commençait à trouver le temps long. Finalement, il se décida à passer dans la maison voisine. Il s'avança furtivement, caché entre les fleurs, et commença à se relever avec lenteur. Il s'agrippait au rebord du mur pour sauter quand le coup de feu claqua. L'impact arracha une brique à vingt centimètres de l'endroit où sa main s'appuyait. Il se laissa tomber par terre et resta immobile. Juan entendit un bruit tout près de lui, menaçant ; il se dit qu'il fallait absolument passer de l'autre côté. Il tendit ses muscles, sauta, toucha à peine le mur avec ses mains et retomba tête la première dans le jardin voisin.

« Ne bouge pas ! Jette ton arme. »

Il demeura stupide ; jamais il n'aurait dû ressortir par le même chemin.

Il jeta son revolver. L'homme qui le tenait en joue était probablement caché derrière le petit mur qui donnait sur le trottoir.

« Demi-tour, les mains en l'air. »

Cela ressemblait à une voix connue ; le cœur de Juan se mit à battre plus fort.

« Ça ne serait pas toi, dit-il, l'enfant de putain qui a failli m'envoyer un pruneau dans la tête...

— Juan ! Juan ! Foutu couillon ! Pour un peu, je te descendais, andouille ! »

Ils restèrent un moment face à face, comme pour se reconnaître sous la pluie, entre les ombres. Puis ils s'étreignirent longuement.

« Espèce de con !

— Foutu flic ! »

Juan donna un grand coup sur le bras blessé de son compagnon. Le sergent sauta en l'air.

— Hé, fais gaffe ! Ils ne m'ont pas raté.

— Fais voir.

— Mais non, c'est rien du tout. »

Juan éclata de rire.

« Comme ça, tu te bats encore ?

— Qu'est-ce que je peux faire d'autre...

— D'accord, brigadier. On va aller chercher Cerviño et à nous trois, on va régler leur compte aux gorilles.

« On y court ! » Garcia le regarda avec un sourire. « Et à partir de maintenant, tu m'appelles sergent. Compris ? »

Lorsque le carreau du vasistas vola en morceaux, Reinaldo était assis sur la cuvette des cabinets. Il aurait bien voulu dormir, mais les hurlements d'Ignacio qui lui parvenaient du bureau l'avaient rendu malade. La correction infligée par les civils au délégué l'avait distrait un moment : c'est quand l'un d'eux avait fait chauffer un fil de fer dans la cuisine et l'avait appliqué sur les yeux d'Ignacio, qu'il avait soudain senti ses intestins se contracter et avait dû se précipiter dans les cabinets.

Il essayait de récupérer quand les débris de verre tombèrent devant lui. Le vent et la pluie s'engouffrèrent par l'ouverture, mouillant le sol et les murs. Reinaldo sentit de nouveaux tiraillements dans le ventre. Il se contracta et tenta de s'aider en appuyant ses mains sous son nombril. Il était en nage. Son regard tomba sur son pantalon baissé; le vêtement était raide de boue et dégageait une odeur infâme. Il aurait donné beaucoup pour être chez lui, sous la douche. A dire vrai, il ne comprenait pas le tour qu'avaient pris les choses entre le moment où ils avaient décidé de faire partir Ignacio et celui où Mateo et Guzman avaient été tués. Et l'avion qui était venu foutre ce bordel. Reinaldo se demandait quand le cauchemar allait se terminer. De l'autre côté du mur, Ignacio gémissait et ses cris lui nouaient les tripes. Il écouta les bruits sur le toit sans réussir à comprendre ce qui se passait là-haut. Un paquet apparut, descendant du vasistas. Les mèches se consumaient avec le même bruit que de la paille en train de brûler. Les intestins de Reinaldo se contractèrent bruyamment. A un mètre et demi de son visage, le paquet de dynamite oscillait comme un pendule. Il allongea les bras pour essayer de l'attraper, mais le rata de quelques centimètres. Il cria. Sa voix se confondit avec celle d'Ignacio, dont le hurlement se prolongea quelques instants de plus. Reinaldo contempla les mèches qui lançaient leurs paquets d'étincelles en se consumant et se dit qu'il n'y avait qu'une chose à faire, attraper les cartouches et les jeter dans la cuvette. Dans un sursaut désespéré, il se mit debout, mais il avait les jambes entravées par son pantalon et son slip. Il tomba en avant et sa tête heurta le bord du lavabo. Reinaldo resta étendu par terre sous la pluie fine qui pénétrait par le vasistas, tandis que les mèches se raccourcissaient devant sa figure. Le coup l'avait étourdi, mais il rassembla toutes ses forces, s'agrippa au lavabo, réussit à se lever et saisit les cartouches. Elles lui brûlaient les mains. Avec un gémissement, il se précipita vers la cuvette.

Ignacio cessa de respirer un moment avant l'explosion. Suprino avait appuyé une oreille contre le torse dénudé du délégué et les autres étaient suspendus à ses gestes. Gugliemini avait quitté le fauteuil sur lequel il était allongé ; un des garçons tenait encore le fil de fer dont l'extrémité rougeoyait. L'autre avait aux lèvres une cigarette éteinte et ses yeux se fermaient de sommeil.

Le mur des cabinets s'arracha de sa base et cracha des briques comme des boulets de canon. Une partie du plafond se détacha d'un coup, sans que personne ait eu le temps de réaliser ce qui se passait. Gugliemini vint de nouveau choir dans le fauteuil, atteint à la poitrine par une brique. Il eut un long spasme, mais réussit à voir les deux garçons disparaître sous la maçonnerie du plafond. De gros plâtras tombèrent sur le corps d'Ignacio, mais le délégué ne bougeait déjà plus. Propulsé par l'onde de choc, Suprino roula jusqu'au mur opposé. La confusion fut de courte durée. Gugliemini se remit debout et courut à travers le nuage de poussière jusqu'à la porte de la banque. La Peugeot de la mairie de Tandil était rangée contre le trottoir. Il se jeta sur le siège, près du volant, et constata que les clés étaient sur le contact. Il attendit un instant que la tension de ses muscles se relâche un peu.

Suprino commença à se relever et regarda autour de lui. Sous la masse du plafond effondré, des jambes dépassaient. Il avança au milieu des gravats en contemplant d'un air perplexe les conséquences du désastre. La silhouette grotesque de Reinaldo avait les bras croisés sur la poitrine, mais il y manquait les mains. Près de lui, la cuvette des cabinets était renversée, sale et fendue en deux. Examinant le reste de la pièce, il se rendit compte que Gugliemini avait disparu. Il courut jusqu'au coffre-fort de la banque, qu'il découvrit retourné sur le sol. Il tira plusieurs fois sur la porte, mais constata avec rage que l'explosion ne l'avait pas endommagée. Il sortit dans la rue. Gugliemini était dans l'auto. Suprino monta à côté de lui.

« Ne vous en faites pas, dit-il. Nous avons encore une carte maîtresse.

— Moi, ça me suffit, répondit Gugliemini. C'est trop. On a intérêt à quitter le coin et à se faire oublier.

— Ça ne sera pas facile. Laissez-moi plutôt faire.

— Vous avez un plan ?

— Oui. Jouer la dernière carte qui nous reste. »

Gugliemini le regarda. Suprino semblait avoir conservé son calme.

« L'armée ! » dit-il.

Les lumières de la voiture éclairèrent le corps gris de Torito. Les phares projetaient des faisceaux lumineux qui balayaient le champ d'avoine et sur lesquels se détachaient avec netteté les fils de la pluie. Cerviño resta immobile sur son siège. Il comprit que toute manœuvre serait inutile. Deux civils avaient leurs revolvers braqués sur lui, et un autre son fusil. Ils s'abritaient sous le toit du hangar.

« Les mains en l'air et descends ! » cria celui qui tenait le fusil.

Cerviño n'avait pas envie de bouger. Le crépitement de la pluie, la tiédeur de la cabine et le genièvre qu'il avait bu le mettaient de bonne humeur.

« Allez vous faire foutre ! »

Il se pencha et saisit la bouteille. Son mouvement inquiéta les civils.

« Tito, fais-le descendre », ordonna celui au fusil.

Le garçon leva son revolver à la hauteur de la tête du pilote et s'approcha. Il était déjà trempé, mais n'appréciua pas de sentir la pluie lui couler de nouveau dans le cou. Il ouvrit la porte de l'avion.

« Allez, descends ! »

Cerviño cacha la bouteille. Le garçon fit un geste pour lui enjoindre de sortir.

« Je vous ai cochonné la ville, pas vrai ? dit Cerviño.

— Ne fais pas le mariole. La plaisanterie est finie, espèce de clown. Descends !

— Non. Si vous devez me tuer, j'aime autant rester dans l'avion. Là au moins, il ne pleut pas.

— Qui t'a envoyé ? demanda le garçon.

— Personne.

— Qui !

— Je ne reçois d'ordres de personne, mec. Jamais. C'est pour ça que je passe mon temps à me promener là-haut. » Il montra le ciel.

« Alors, pourquoi tu le défends ?

— Qui ?

— Ce connard. Le délégué.

— Parce qu'il est péroniste et parce que c'est un brave type.

« — Tu es seul ?

— Non, il y a Torito.

— Où est-il ?

— Ici. » Il donna une tape sur le tableau de bord de l'avion. « Ce bon vieux Torito ! Cinq mille heures de vol et frais comme une pucelle.

— Tu es con ou quoi, te faire tuer pour des prunes ?

— Pour des prunes ? » Cerviño regarda le garçon, qui devait avoir vingt-cinq ans tout au plus. « Tu es de la capitale ?

— Oui.

— Et on te paie bien ? »

Le garçon était complètement trempé. Il entendit son chef qui l'appelait.

« Mieux que toi.

— Gorille au berceau !

— Dis donc, fais attention à ce que tu dis.

— *Niño bien, pretencioso y engrupido*[1], chantonna Cerviño.

— Ta gueule, sale métèque ! Je vais t'apprendre, moi, ce que c'est qu'un péroniste. »

Cerviño le regarda sans comprendre. Il se mit à rire. Levant la bouteille, il avala une autre gorgée.

« Tito, qu'est-ce que tu fous ? » cria l'un des garçons qui attendaient.

« Tu ne comprendras jamais rien, pauvre con », dit le garçon en tirant le percuteur de son revolver.

« Et alors ? En tout cas, si tu es péroniste, moi je rends ma carte.

— Tu n'auras pas le temps parce qu'avant, je t'aurai descendu.

---

1. N.d.T. « Fils de bonne famille, prétentieux et vaniteux... » Phrase tirée d'un tango classique.

— Lavette ! Tu te prends pour un homme parce que tu as un pétard dans la main. Des mecs comme vous, c'est bon à rien. »

Tito lui assena un coup de revolver sur la figure. Cerviño commença à perdre du sang par un œil. Le garçon recula jusqu'à l'endroit où se trouvaient ses compagnons

« Il ne veut pas sortir, dit-il.

— Alors qu'il aille se faire foutre », dit celui au fusil. Il avança d'un pas et pressa la détente. Le pare-brise de l'avion vola en miettes. Cerviño tomba en arrière. Tito tira à son tour. Le corps eut un soubresaut et retomba contre le tableau de bord. La pluie lava le sang qui ruisselait sur le nez de Torito. Les quatre hommes montèrent dans la voiture et Tito alluma le contact. Ils roulèrent en direction du chemin.

Cerviño sentit comme une flamme de chalumeau qui lui brûlait la figure. Il ne pouvait rien voir. D'une main il chercha la bouteille, mais il n'eut pas la force de la soulever.

« Il faut aller chercher Cerviño, dit Juan. On trouvera bien une bicyclette sur la place. »

Ils avancèrent, le corps collé contre les murs humides. Les deux hommes surveillaient les toits, mais la ville était déserte. Juan se rendit compte que le jour se levait. D'abord, il crut que le rouge du ciel était un reflet de l'incendie, puis il vit qu'au bout de la rue, là où les champs commençaient, l'horizon semblait en feu. La pluie avait perdu de sa violence et les nuages s'entrouvraient peu à peu. Il estima qu'il devait être à peu près six heures du matin.

Lorsqu'ils arrivèrent à l'angle de la place, ils s'arrêtèrent. Juan dirigea Garcia vers une touffe d'herbes qui poussait sur le trottoir, devant une vieille maison. Le sergent jeta un coup d'œil autour de lui ; il aspira une profonde bouffée d'air et se sentit mieux.

« Bon Dieu, je m'en jetterai bien un derrière la cravate. »

Juan leva la tête pour regarder le ciel.

« Ouais... Ton bras te fait mal, sergent ?

— Ce n'est rien. Juste une égratignure. »

Ils traversèrent la rue en courant et arrivèrent sur l'allée pavée. Ils enjambèrent une plate-bande d'œillets. Depuis un arbre, un homme les suivait des yeux et du canon de son fusil. Ils traversèrent la pelouse entre les magnolias, en direction de la petite tente. Eclairés par une lampe à kérosène, il y avait cinq hommes à l'intérieur. L'homme que Juan avait déjà rencontré se trouvait parmi eux. En les voyant entrer, il se leva.

« Qui est avec vous ? demanda-t-il.

— Sergent Garcia, dit le policier en tendant sa main.

— Il a défendu la mairie aux côtés d'Ignacio, expliqua Juan. Ils ont été capturés ensemble.

— Ah oui, dit l'homme, nous avons envoyé Moran vous sortir de là. »

Il le regarda et lui adressa un sourire. Puis il eut un geste vers le bras du sergent.

« Vous êtes blessé. Retirez votre veste, je vais jeter un coup d'œil. »

Garcia ne bougea pas.

« Où est don Ignacio ? demanda-t-il.

— Il est mort, dit l'homme.

— Mort ?

— Ils l'ont torturé jusqu'au bout.

« — Vous l'avez vu? demanda Juan d'une voix angoissée.

— Oui. Il était sous les décombres de la banque, là où vous avez mis la dynamite.

— Saloperie... pauvre Ignacio, dit le sergent. Vous l'avez enterré?

— Nous n'avons pas le temps, compagnon. Il faut partir.

— Partir? dit Juan. On ne va pas foutre le camp maintenant qu'on les tient aux couilles!

— L'armée et la police fédérale arrivent.

— S'enfuir comme des femmelettes? dit le sergent.

— Il ne s'agit pas de ça.

— Ah, non? Et quand on court en arrière, comment ça s'appelle? »

L'homme sourit. Un silence prolongé régna. Juan demanda une cigarette. Il réfléchissait. Un autre homme entra dans la tente et alla vers le chef.

« Nous avons Rossi, dit-il.

— Parfait. Mettez-le avec Llanos. »

L'homme sortit. Garcia regarda le chef.

« Vous avez le commissaire? demanda-t-il.

— Oui. Et aussi Rossi, maintenant. C'est lui qui a tué l'employé, Mateo.

— Vous allez les emmener avec vous? demanda Juan.

— Ils vont être jugés. »

Juan dévisagea un moment le chef.

« Pourquoi? dit-il enfin.

— Comment ça, pourquoi?

— Pourquoi allez-vous les juger? C'est eux qui ont foutu ce bordel. C'est eux qui ont tué Ignacio, Mateo, Moyanito, et le fou. Pourquoi les remettre au juge? Dans la capitale, les procès sont trafiqués, on les relâchera dans une semaine...

— Ils ne seront pas jugés dans la capitale, compagnon. C'est nous qui allons les juger. Nous et vous. Les compagnons des hommes qu'ils ont tués.

— Moi, je connais rien à tout ça », dit Garcia.

Le chef le regarda et sourit de nouveau.

« Il n'y a rien à connaître, dit-il. Ça ne s'apprend pas à l'école. Une fois qu'on a tué et qu'on a vu mourir, on sait tout. »

Garcia baissa la tête.

« Vous, que feriez-vous d'eux ? » demanda l'homme.

Le sergent avait les yeux gonflés et le visage tiré.

« Je ne sais pas discuter des choses de la loi, dit-il.

— Il ne s'agit pas de discuter de la loi. La loi du commissaire, de Suprino, de l'officier Rossi. Nous avons notre loi maintenant.

— Je ne sais pas », dit Garcia en se passant la manche de sa veste sur les yeux. « Moi, je dis que le salaud qui est capable de tuer comme ils ont tué Ignacio... »

Il s'interrompit et les regarda tous, attendant que quelqu'un termine à sa place. Personne ne parla. Garcia baissa la tête.

« Une ordure pareille, ça se descend comme un chien. »

Il commença à retirer sa veste. Se retournant, il regarda Juan qui fumait lentement sa cigarette. Il le vit qui acquiesçait en silence.

« Juan, s'il te plaît, trouve-moi une autre chemise, dit Garcia, le sang a séché et mon éraflure me gêne un peu. »

Suprino roulait trop vite sur la route glissante. A côté de lui, Gugliemini était affalé sur le siège. Il semblait abattu. On lui avait donné des ordres précis et il avait été incapable de les mener à bien. La situation avait échappé à son contrôle et il supposait que maintenant, c'était trop tard. Il se rendait compte que Suprino avait pris les choses en main, y compris ses dernières décisions. Il voulut allumer une cigarette, mais il n'avait pas d'allumettes. De temps à autre, il observait du coin de l'œil le secrétaire du parti. Suprino paraissait résolu, sûr de ce qu'il allait faire. Lui saurait s'entendre avec les militaires ; il en connaissait certains. Tout le problème consisterait à leur remettre ce cadeau empoisonné.

« Ils ne vont pas croire à cette histoire de communistes », dit-il.

Suprino continua de rouler en silence. Puis il sourit.

« Inutile de le leur préciser. Pour eux, quand un type comme Ignacio sort son fusil, c'est comme s'ils voyaient le diable. Les militaires n'aiment pas que les gens se mettent à tirer sans autorisation. Ce genre de chose, c'est leur rayon.

— Et Perón ?

— Quoi, Perón ?

— Il va être furieux. Nous avons fait une connerie, nous ferions mieux de filer. »

Suprino arrêta la voiture sur le bas-côté. Il ne pleuvait presque plus et le soleil filtrait entre les gros nuages qui s'écartaient. Il regarda le maire. Il ne pourrait pas l'accompagner au quartier général, il crevait trop de peur. C'était un faible, un de ces politicards dégonflés. Suprino alluma la radio. Soudain, un flash spécial d'informations rendit compte des événements de Colonia Vela. La police fédérale avait envoyé des effectifs afin de restaurer l'ordre compromis par des éléments extrémistes encouragés par le maire délégué. Les dernières nouvelles faisaient état d'un mort.

« Un mort ! » Suprino ne put s'empêcher de rire. « Il va être content, ton copain. »

Le maire mit un moment à saisir.

« Qui ?

— Ton copain, le conseiller de Perón. »

A la radio, Carlos Gardel chantait.

« Et toi ? Qu'est-ce que tu vas leur raconter aux militaires ? »

Suprino le regarda. Une fois de plus, il pensa que Gugliemini était un idiot.

« Rien. Je n'ai pas besoin de leur raconter quoi que ce soit. Ils seront obligés d'intervenir en force, ils ne peuvent pas faire autrement. Si la police fédérale y va, ils suivent.

« Bon. Moi, je passe la main. A toi de jouer.

— Tu me vendras quand on verra les militaires.

— Non, Suprino, je me tire, tu fais ce que tu veux. »

Le secrétaire du parti sortit un revolver.

« Descends.

— Qu'est-ce qui te prend ?

— Je te dis de descendre.

— Tu es fou ! »

Suprino sauta de la voiture, contourna l'avant et ouvrit la portière de Gugliemini. Le maire tendit le bras pour se défendre et s'agrippa de l'autre main au volant. Suprino lui expédia un coup de poing dans la figure et Gugliemini s'affaissa sur le siège. Le secrétaire du parti le saisit par les cheveux et le tira dehors. Le maire tomba sur le bas-côté.

Suprino plaça son revolver contre la tête du maire et tira. Le corps de Gugliemini s'arqua, puis ne bougea plus. Suprino le poussa du pied jusqu'au bord de la route et le fit rouler dans un fossé rempli d'herbe haute. Le corps resta immergé entre l'eau et la boue. Suprino revint vers la voiture, prit de nouveau la route et accéléra. A la radio, c'était maintenant Rivero qui chantait. Le secrétaire du parti poussa jusqu'au cent quarante et sentit que le vent le déportait sur le côté. Il éternua. Il se dit qu'il allait s'enrhumer. Au quartier général, ils auraient sûrement de l'aspirine.

Juan et le sergent Garcia quittèrent le chemin caillouteux et continuèrent avec difficulté dans la boue. Les roues des bicyclettes amoncelaient la terre sous les garde-boue et les deux hommes devaient pédaler de toute la force de leurs mollets pour avancer. Le ciel avait pris des tons de rouge et de bleu qui laissaient filtrer les premiers rayons du soleil. Il ne pleuvait plus et, de nouveau, les nuages étaient blancs. Un vent léger soufflait de l'ouest. Leurs vêtements mouillés adhéraient à leurs corps. Ils avaient froid et gardaient le silence.

Arrivés à la barrière, ils aperçurent Torito. Une de ses portes était ouverte et s'agitait au gré de la brise. La lumière du hangar brillait. Ils lâchèrent leurs bicyclettes. Juan jeta un coup d'œil à l'intérieur et se dirigea vers le champ d'avoine qui avait servi de piste. Il s'approcha de l'avion, suivi par Garcia. Les deux hommes virent le pare-brise en miettes et les traces de balles dans les plaques du fuselage. Juan voulut courir, mais glissa. En tombant, il réussit à se recevoir sur les paumes. Son compagnon l'aida à se relever. Juan resta comme fiché en terre, s'enfonçant lentement dans la boue. Il se prit la tête entre les mains.

« Ils l'ont tué ! Ils l'ont tué ! »

Juan eut un cri rauque. Quand il voulut avancer, ses pieds étaient tellement collés au sol qu'il tomba sur le côté. De l'avion parvint une voix faible.

« Pas encore, vieux frère...

— Cerviño ! » hurla Juan, se traînant sans pouvoir décoller ses bras ni ses pieds de la boue. Garcia le regardait du haut de son visage basané que pétrifiait le chagrin. Juan atteignit enfin la porte de l'avion.

« Passe-moi la bouteille, vieux frère. Je ne vois rien », balbutia Cerviño.

Son visage n'était qu'une plaie rouge de sang dont les yeux avaient disparu.

« Cerviño... Qu'est-ce qui s'est passé, vieux ? »

Le pilote bougea, appuyant ses mains sur le tableau de bord.

« Ils m'attendaient... »

Juan chercha la bouteille de genièvre. Il restait à peine deux gorgées. Il l'approcha du visage de Cerviño. Le pilote ouvrit la fente où il y avait eu sa bouche et avala quelques gouttes. Juan eut l'impression qu'il souriait.

« Bon Dieu, dit-il à voix basse.

— Ne me dis pas que je te fais peur, dit Cerviño. Je ne dois pas être plus laid que d'habitude. »

Sa voix n'était qu'un son rauque, désarticulé. Juan lui fit boire une autre gorgée.

« J'ai foutu la merde, hein ? » demanda Cerviño avec un filet de voix.

« Et comment, vieux. On les a tous fait chier.

— Ignacio a gagné ?

— Evidemment. Tu peux bouger ?

— Je ne sais pas... je suis bien comme ça. J'ai juste un peu froid...

— Nous allons te ramener en ville, on te soignera.

— Non, je suis en compote... quelle connerie de mourir maintenant...

— Tais-toi, idiot. J'ai une bicyclette, je vais t'emmener au poste de secours.

— Donne-moi encore à boire. »

Juan regarda la bouteille.

« Il n'y en a plus, vieux frère. Dès qu'on sera en ville, je t'achète un litron. »

Il essaya de l'extraire de l'avion. Cerviño gémit et tomba sur le côté.

« Laisse-moi... on les a fait chier... tu es là, Juan ?

— Oui, mon vieux, je suis là.

— Dis à don Ignacio que j'étais de son côté... que je suis péroniste et... qu'il ne se dégonfle pas... quand Perón le saura, il sera fier... »

Son corps se contracta et demeura immobile. Juan passa doucement la main dans les cheveux emmêlés. Puis il se retourna et regarda Garcia, les yeux vitreux.

« Aide-moi », dit-il.

Ils le portèrent jusqu'au hangar. Garcia alla chercher une bâche et ils enveloppèrent le corps. Puis ils sortirent. Le soleil était tout entier au-dessus de la ligne d'horizon. Juan regarda son ami.

« On ne se dégonflera pas », dit-il.

Ils marchèrent en silence vers l'avion. Torito était penché, une roue fichée dans la terre ; le vent le balançait doucement.

« Et contre qui on va se battre ? demanda Garcia.

— Ils disent que l'armée arrive. On ne va tout de même pas se barrer maintenant, sergent.

— Tu sais faire marcher l'avion ? demanda Garcia.

— Non, mais j'ai vu Cerviño. Ça ne paraît pas difficile. »

Ils firent le tour de Torito. Le soleil se reflétait sur les ailes.

« Dis donc, Juan.

— Quoi ?

— On va gagner ?

— Bien sûr, ce sont des cons. »

Le sergent Garcia sourit.

« Et après, on ira le chercher.

— Qui ça ?

— Perón. On le ramènera.

— Tu es complètement cinglé, sergent.

— Cinglé ? Nous allons lui montrer dans quel état est la ville, nous lui dirons pour Ignacio, pour Mateo, pour Cerviño, pour tous ceux qui ont donné leur vie pour lui. »

Juan regarda son compagnon. Il avait les yeux rouges et gonflés.

« Quand il saura, le Vieux, il aura les larmes aux yeux.

— Il parlera du balcon de la mairie et les militaires ne sauront plus où se fourrer. »

Ils s'approchèrent de la cabine. Avant de monter, Juan regarda le soleil et dut fermer les yeux.

« Ça va être une belle journée, sergent. »

Garcia se retourna en direction de la ville et resta là, le regard rivé sur l'horizon. Il avait le visage fatigué, mais sa voix était joyeuse et claire lorsqu'il parla.

« Une journée péroniste », dit-il.

Postface

Le livre de Soriano, cette farce macabre et pathéti-que, représente un fragment de notre vie qui ruisselle de sang encore aujourd'hui. Son autodérision désespé-rée plonge des racines profondes dans la tragédie de l'Argentine... Chacun devra probablement repenser aux grandes tragédies nationales de son propre pays, à sa propre solitude et à son impuissance devant des proces-sus historiques qui, une fois mis en mouvement, évo-luent avec la froide logique d'un laminoir, pour com-prendre ces marionnettes présentées avec l'économie de trait du caricaturiste et dont les fils s'entremêlent au rythme d'une action fiévreuse de film muet, jusqu'à leur destruction finale. Pour apprécier aussi la mise en boîte affectueuse que Soriano leur fait subir, cet humour qui les humanise, telle l'utilisation exagérée des stéréotypes verbaux de la bureaucratie péroniste ou cette façon casanière, domestique, qu'elles ont de mener leur guerre et qui n'est tragique que parce qu'elles y laissent leur vie. On aurait envie de dire que la farce est la forme d'art la plus authentiquement prolétaire et la plus capable d'exprimer comment lutte et meurt notre classe, bien mieux que la forme épique qui est celle des nobles et des seigneurs de la guerre ou que le cynisme objectif avec lequel le roman sépare ses archétypes des masses.

Buenos Aires est une grande ville moderne qui compte neuf millions d'habitants. Si, en partant du centre, on se dirige vers le sud, on atteint en une demi-heure la ceinture industrielle de la ville. On traverse les quartiers ouvriers, des centaines de maisons à un étage et des rues droites et interminables; on voit défiler les murs gris des petites fabriques et les clôtures grilla-gées, l'herbe rare et les murs blancs des grandes usines, on aperçoit les pavillons prétentieux des petits-bourgeois et les lotissements des spéculateurs immobi-liers. Et on commence à voir la pampa, une étendue plate, à la terre riche et au climat humide et tempéré, qui s'étale sur cinq cents ou six cents kilomètres alentour et que délimitent en fractions d'une régularité géométrique les clôtures de la propriété privée. La pampa est triste elle aussi car, de même que les fau-bourgs urbains, elle est une usine. On n'y trouvera pas de petits villages comme en Europe, ni cette douceur que confèrent au paysage des siècles de vie humaine. Les horizons du capital sont froids, durs, inhumains; ils ont réduit les traditions et les rêves des immigrants italiens, espagnols, suisses, polonais, français, alle-mands et russes à la monotonie d'une survie uniforme, faite de sueur et de désespérance pour les uns, du lent grossissement de leur compte en banque pour les autres. Les petites villes de la province de Buenos Aires sont interchangeables; on les dirait sorties de la même chaîne de montage.

Il existe, dans cette province de Buenos Aires, une ville industrielle du nom de Tandil (née d'une ancienne colonie d'immigrants suisses). C'est dans la juridiction de la mairie de Tandil que se situe la bourgade imagi-née par Soriano, Colonia Vela. Il s'agit d'une bourgade rurale; les protagonistes sont de petits commerçants, des employés, des cantonniers, autant de services nécessaires à sa population d'agriculteurs et d'éleveurs. On y mène la guerre civile avec les moyens du bord, c'est-à-dire les instruments présidant aux activités rurales : fusils de chasse, dynamite, tracteurs, bulldozers, camionnettes, et l'avion chargé de l'épandage d'insecticide. C'est le premier canular de Soriano car le véritable théâtre de la tragédie argentine fut la grande ville, avec les manifestations de milliers de personnes, l'angoisse de la terreur et de la contre-terreur dans les immenses avenues et gratte-ciel, l'incertitude de la rafale de mitraillette perçue au loin dans la nuit, le hurlement des sirènes des voitures de police dans la ville anonyme et hostile, la brève fulgurance des coups de feu échangés dans la continuité irréelle du trafic, les affiches devant l'usine occupée.

A Colonia Vela, les dimensions se trouvent brutalement réduites à l'échelle de la vie humaine ; elles deviennent domestiques, familières, et c'est ainsi que nous en découvrons l'horreur. Dans ce microcosme, la complexité de tout un processus politique prend les proportions de l'anecdote, se limite à l'action pure, et devient assimilable et compréhensible. A tel point que les justifications s'effondrent, que la vérité nue nous frappe avec la précision du poignard. Le récit se situe quelque part entre 1973 et 1974, entre le retour de Perón en Argentine et sa mort. Et plus précisément dans les deux ou trois mois pendant lesquels il procéda à « l'épuration » des éléments de gauche – ou considérés comme tels – au sein de l'Etat et du parti. C'est à cette époque qu'apparut la bizarre terminologie bureaucratique que Soriano met avec humour dans la bouche de ses héros ; les « infiltrés » (ou éléments subversifs, ou « gauchistes », ou communistes) appar-

tenaient à cette aile gauche du péronisme (ou parti justicialiste) visée par Perón lui-même. La « hiérarchie péroniste » était le principe auquel il avait recours pour garder le contrôle de son parti ; le pouvoir absolu était aux mains de Perón lui-même qui nommait ses collaborateurs les plus proches, ceux-ci nommant et contrôlant les « cadres intermédiaires », qui à leur tour transmettaient à la base les volontés de Perón. Une structure totalitaire et antidémocratique comme il y en eut peu. Perón accusait la gauche péroniste d'être un agent de la « synarchie internationale ». Dans la meilleure tradition fasciste, ce terme (emprunté au fascisme antisémite européen) évoquait une prétendue conspiration qui aurait réuni le capital financier international et le communisme dans le noir dessein de nuire à l'Argentine et de l'empêcher d'accomplir son destin manifeste, celui de « puissance mondiale ».

Malgré ces éléments idéologiques et structurels, on ne peut dire du péronisme qu'il fut un parti fasciste, du moins pas avant 1974. C'était le parti qui représentait, politiquement, le prolétariat argentin, nombreux et combatif, et une brève explication historique s'impose pour éclairer le lecteur étranger. En 1942, la dictature militaire conservatrice qui gouvernait l'Argentine avait réussi à surmonter la crise en recourant à une industrialisation accélérée. La diminution du chômage avait renforcé la classe ouvrière qui s'affiliait massivement aux syndicats dirigés par le parti communiste et le parti socialiste... En 1943 eut lieu un coup d'Etat de l'aile droite nationaliste de l'armée, destiné à neutraliser le « péril rouge ». Les militaires se retrouvèrent rapidement pris entre l'évolution de la situation internationale (l'axe fasciste-nazi perdait du terrain en Europe) et l'augmentation menaçante des tensions sociales. Le colonel Perón (qui s'était familiarisé dans l'Italie de Mussolini avec les méthodes de contrôle des masses) proposa un plan audacieux qui allait devenir l'unique espoir du régime. Ce plan consistait à satisfaire au plus vite les revendications que la lutte ouvrière aurait de toute façon conquises et de les utiliser pour renforcer un parti ouvrier travailliste, tandis qu'on isolait et traquait le P.C. et le P. S. Ainsi, en l'espace de quelques mois, le prolétariat argentin réussit à doubler les salaires, à obtenir le treizième mois, les congés payés, la retraite, les prestations sociales des syndicats et de nombreuses autres concessions, tandis que les partis de gauche se voyaient durement réprimés par la police.

En 1946, Perón, soutenu par les travaillistes et les nationalistes, accédait au pouvoir. Mettant à profit son prestige, il s'empressa de dissoudre les formations politiques qui l'avaient soutenu et fit jeter en prison et torturer les dirigeants qui résistaient. Il plaça la centrale syndicale (C.G.T.) sous le contrôle direct du pouvoir exécutif et regroupa ses partisans en un parti unique, le parti péroniste ou justicialiste (les deux termes furent utilisés à des périodes distinctes). Une crise économique survint en 1952-1953. Ayant épuisé les possibilités de l'industrialisation (l'Argentine était déjà à cette époque un pays où la grande majorité de la population se consacrait à des activités industrielles), le capitalisme argentin avait besoin de nouveaux horizons. Il les trouva dans ce qu'on a appelé le « desarrollismo », soit une politique économique fondée sur la réduction des salaires réels et l'accumulation des capitaux dans la grande industrie lourde aux mains d'une élite monopoliste formée par l'Etat, le grand capital national et les multinationales étrangères. Ce projet ne pouvait être mené à bien avec le gouverne-

ment d'un parti qui s'appuyait sur les votes des ouvriers et des syndicats; de telles contradictions l'auraient fait éclater. En 1955, pratiquement sans lutte, Perón laissait le pouvoir à un nouveau gouvernement militaire.

Proscrit de la scène politique, le péronisme s'exprima, pendant toute cette période, essentiellement par l'intermédiaire de l'appareil syndical (huit millions d'affiliés sur une population active de dix ou douze millions).

Le « desarrollismo » réussit; de 1953 à 1973 l'Argentine connut une phase d'expansion accélérée, comparable à celle du « miracle italien » et nettement supérieure à celle des Etats-Unis en 1968.

L'expansion capitaliste, qui avait modifié la société, vint de nouveau stimuler l'essor du mouvement ouvrier. En 1968-1969, ce processus avait coïncidé avec la révolte des jeunes et des étudiants dans les universités. Pendant « l'automne chaud » de 1969, la dictature militaire vit son pouvoir vaciller et être sérieusement ébranlé; par ailleurs, la centrale syndicaliste péroniste, divisée et dépassée, ne parvenait pas à contrôler la situation. En mai 1969, les ouvriers de l'industrie automobile et les étudiants occupèrent la ville de Córdoba (un million et demi d'habitants), tenant la police en échec et résistant deux jours durant à l'armée.

De 1971 à 1973, alors que la dictature militaire procédait précipitamment à une ouverture démocratique, Perón effectuait une habile manœuvre de récupé-

ration ; il fit l'éloge de Mao et du Che Guevara, promit le « socialisme national » et porta aux nues la jeunesse et la guérilla. Manquant d'options plus réalistes en raison de sa propre impuissance et de la paralysie du P.C., obligée de choisir avant les élections imminentes, la jeunesse fut massivement récupérée par le parti justicialiste renaissant et réunifié. Perón utilisa les actions terroristes des Montoneros pour éliminer les syndicalistes trop indépendants et recourut à l'« encadrement » (c'est-à-dire la prise de position rigide et sectaire par rapport au péronisme – on était « dedans » ou « dehors ») pour diviser les nouvelles avant-gardes des masses ouvrières et de la jeunesse. Celles-ci tentèrent de se mettre d'accord sur une candidature électorale appropriée (soutenue par les métallurgistes et par les autres syndicats), mais leurs efforts furent vains.

Afin de canaliser une fraction importante du mouvement, le justicialismo fut contraint d'avaliser les revendications démocratiques que celui-ci supposait. Mais ces revendications étaient incompatibles avec son programme économique fondé sur un « pacte social » entre la centrale ouvrière, le patronat et l'Etat, pacte qui bloquait les salaires et interdisait les grèves. Perón utilisait une stratégie différente pour proposer un nouveau « desarrollismo » militaire. La contradiction éclata lorsque Cámpora accéda au pouvoir. Les ministres, députés et fonctionnaires du secteur démocratique et de la jeunesse se trouvèrent confrontés au patronat, à la centrale ouvrière et à l'appareil fasciste mis en place par le secrétaire privé de Perón, Lopez Rega, depuis le ministère du Bien-Etre social (vive le paradoxe) et la police fédérale. Dans cette crise, le retour de Perón et le départ de Cámpora furent l'élément décisif qui fit pencher la balance vers la *droite. Deux millions de personnes qui étaient allées attendre à Ezeiza le retour de Perón se dispersèrent dans la terreur lors du massacre auquel procédèrent, avec des armes de tout genre, les éléments péronistes fascistes décidés à éliminer les courants de gauche au sein du parti. Perón entreprit d'isoler et de « purger » implacablement cette fraction désemparée et troublée de son propre parti, qui continuait à voir en lui un leader national démocratique et socialiste alors qu'il s'était placé sans ambiguïté à la tête de l'aile de droite.*

Tels sont les deux protagonistes du livre de Soriano : la gauche péroniste et la droite péroniste. La première était constituée par la jeunesse (exclusivement péroniste à Colonia Vela, mais qui se répartissait à égalité dans les grandes villes entre péronistes et marxistes), la vieille garde péroniste démocratique (comme Ignacio) et les avant-gardes ouvrières en lutte (ici, les employés de la municipalité et l'équipe de voirie). Elle était soutenue par une sympathie populaire passive, mais manquait de stratégie, d'organisation et d'objectifs définis ; de plus, le mythe d'un Perón progressiste la paralysait. La droite péroniste rassemblait les groupes armés de Lopez Rega (où voisinaient les polices politisées à droite et les jeunes fascistes et nazis à l'origine des A.A.A. – Alliance anticommuniste argentine – de sinistre réputation), les appareils du parti justicialiste, la direction de la C.G.T. (centrale ouvrière) avec leurs propres groupes armés, et un nombre non négligeable de « gorilles » (antipéronistes) ravis de la nouvelle ligne anticommuniste adoptée par Perón.

Dans l'imaginaire Colonia Vela, ce sont ces derniers qui sont vaincus, coupés de presque toute la population ; mais à l'échelle nationale, il en allait autrement. Si l'on avait procédé à des élections en 1974-1975, l'aile droite, ayant à sa tête Isabel Perón, les aurait très certainement emportées, suivie par le parti radical de Balbin. Toute la gauche, péroniste et non péroniste, n'aurait obtenu, au mieux, que 10 % des voix. On enregistrait des résultats similaires dans la composition des corps de délégués dans les usines ; la haute combativité de la classe ouvrière argentine ne coïncidait pas avec une conscience aussi intense de ses intérêts historiques en tant que classe. C'est la raison profonde de la défaite subie par la gauche ; les révolutions se font avec les grandes majorités prolétaires et il n'existe pas de chemin de traverse permettant d'éviter la voie difficile de leur conquête politique. Ni le subjectivisme de la guérilla, ni la « réinterprétation » forcée du péronisme dans un registre socialiste, ni l'alliance à n'importe quel prix avec la bourgeoisie ne feront franchir miraculeusement cet obstacle. Une minorité résolue peut « foutre la merde » chez l'ennemi de classe (pour reprendre l'image colorée et littérale de Soriano), mais en aucun cas elle n'assurera définitivement sa défaite.

MIGUEL ANGEL GARCIA
Rome, 27 avril 1978

Dans la collection
Les Cahiers Rouges

(dernières parutions)

Jacques Chessex	*L'ogre*
Emile Clermont	*Amour promis*
Jean Cocteau	*Reines de la France*
Jean-Louis Curtis	*La Chine m'inquiète*
Léon Daudet	*Souvenirs littéraires*
Degas	*Lettres*
Joseph Delteil	*La Deltheillerie*
Joseph Delteil	*Jeanne d'Arc*
Joseph Delteil	*Jésus II*
Joseph Delteil	*La Fayette*
André Dhôtel	*L'île aux oiseaux de fer*
Maurice Donnay	*Autour du Chat Noir*
Robert Dreyfus	*Souvenirs sur Marcel Proust*
Alexandre Dumas	*Catherine Blum*
Alexandre Dumas	*Jacquot sans Oreilles*
Oriana Fallaci	*Un homme*
Ramon Fernandez	*Molière ou l'essence du génie comique*
Ferreira de Castro	*La mission*
Ferreira de Castro	*Terre froide*
Max-Pol Fouchet	*La rencontre de Santa Cruz*
Georges Fourest	*Le géranium ovipare*
Georges Fourest	*La négresse blonde*
Jean Freustié	*Proche est la mer*
Gabriel García Márquez	*L'automne du patriarche*
Gabriel García Márquez	*Récit d'un naufragé*
David Garnett	*La femme changée en renard*
Maurice Genevoix	*Raboliot*
Jean Giono	*Jean le Bleu*
Jean Giono	*Que ma joie demeure*
Jean Giono	*Le Serpent d'Étoiles*
Jean Giono	*Un de Baumugnes*
Jean Giono	*Les vraies richesses*
René Girard	*Mensonge romantique et vérité romanesque*
Jean Giraudoux	*Églantine*
Jean Giraudoux	*Supplément au voyage de Cook*
Yvette Guilbert	*La chanson de ma vie*
Louis Guilloux	*Hyménée*
Jean-Noël Gurgand	*Israéliennes*

Kléber Haedens	*Magnolia-Jules/L'Ecole des parents*
Daniel Halévy	*Pays parisiens*
Knut Hamsun	*Au pays des contes*
Pierre Herbart	*Histoires confidentielles*
Henry James	*Les journaux*
Pascal Jardin	*Guerre après guerre*
Marcel Jouhandeau	*Les Argonautes*
Ernst Jünger	*Rivarol et autres essais*
Franz Kafka	*Journal*
Jean de La Varende	*Le Centaure de Dieu*
Armand Lanoux	*Maupassant, le Bel-Ami*
Jacques Laurent	*Croire à Noël*
G. Lenotre	*Napoléon - Croquis de l'épopée*
G. Lenotre	*Versailles au temps des rois*
Norman Mailer	*Les armées de la nuit*
Antonine Maillet	*Les Cordes-de-Bois*
Antonine Maillet	*Pélagie-la-Charrette*
Luigi Malerba	*Le serpent cannibale*
Eduardo Mallea	*La barque de glace*
Clara Malraux	*Nos vingt ans*
Heinrich Mann	*Le sujet !*
Thomas Mann	*Les maîtres*
François Mauriac	*Les chemins de la mer*
François Mauriac	*Le mystère Frontenac*
François Mauriac	*La robe prétexte*
Jean Mauriac	*Mort du général de Gaulle*
André Maurois	*Le cercle de famille*
Frédéric Mistral	*Mirèio-Mireille*
Thyde Monnier	*La rue courte*
Paul Morand	*Rien que la terre*
Sten Nadolny	*La découverte de la lenteur*
Gérard de Nerval	*Poèmes d'Outre-Rhin*
Edouard Peisson	*Hans le marin*
Edouard Peisson	*Le pilote*
Édouard Peisson	*Le sel de la mer*
Sandro Penna	*Poésies*
Sandro Penna	*Un peu de fièvre*
Raoul Ponchon	*La muse au cabaret*
Henry Poulaille	*Pain de soldat*

Bernard Privat	*Au pied du mur*
Raymond Radiguet	*Le diable au corps, suivi du Bal du comte d'Orgel*
Charles-Ferdinand Ramuz	*Le garçon savoyard*
Charles-Ferdinand Ramuz	*Jean-Luc persécuté*
Charles-Ferdinand Ramuz	*Joie dans le ciel*
Paul Reboux et Charles Muller	*A la manière de...*
Christine de Rivoyre	*Boy*
Christiane Rochefort	*Archaos*
Christiane Rochefort	*Printemps au parking*
Auguste Rodin	*L'art*
Henry Roth	*L'or de la terre promise*
Jean-Marie Rouart	*Ils ont choisi la nuit*
Claire Sainte-Soline	*Le dimanche des Rameaux*
Peter Schneider	*Le sauteur de mur*
Victor Serge	*Les derniers temps*
Ignazio Silone	*Fontamara*
Ignazio Silone	*Le secret de Luc*
Osvaldo Soriano	*Jamais plus de peine ni d'oubli*
Osvaldo Soriano	*Je ne vous dis pas adieu...*
Osvaldo Soriano	*Quartiers d'hiver*
Roger Stéphane	*Portrait de l'aventurier*
Pierre Teilhard de Chardin	*Genèse d'une pensée*
Pierre Teilhard de Chardin	*Lettres de voyage*
Roger Vailland	*Bon pied bon oeil*
Frédéric Vitoux	*Bébert, le chat de Louis-Ferdinand Céline*
Ambroise Vollard	*En écoutant Cézanne, Degas, Renoir*
Kurt Vonnegut	*Galápagos*
Kenneth White	*Terre de diamant*
Walt Whitman	*Feuilles d'herbe t.2*
Jean-Didier Wolfromm	*Diane Lanster*
Jean-Didier Wolfromm	*La leçon inaugurale*
Stefan Zweig	*Magellan*
Stefan Zweig	*Marie Stuart*
Stefan Zweig	*Marie-Antoinette*
Stefan Zweig	*Souvenirs et rencontres*
Stefan Zweig	*Un caprice de Bonaparte*